大作家写给孩子的小散文

姜家璇 编著

（上）

北京工艺美术出版社

图书在版编目（CIP）数据

大作家写给孩子的小散文：上、下 ／ 姜家璇编著
. —— 北京：北京工艺美术出版社，2023.4
ISBN 978-7-5140-2369-5

Ⅰ．①大… Ⅱ．①姜… Ⅲ．①散文集－中国－现代②
散文集－中国－当代 Ⅳ．① I266

中国版本图书馆 CIP 数据核字 (2022) 第 251232 号

出 版 人：陈高潮　　　　　装帧设计：鹿白文化
责任编辑：赵　微　　　　　责任印制：王　卓
法律顾问：北京恒理律师事务所　丁　玲　张馨瑜

大作家写给孩子的小散文　上　下
DA ZUOJIA XIE GEI HAIZI DE XIAO SANWEN SHANG XIA

姜家璇　编著

出　　版	北京工艺美术出版社
发　　行	北京美联京工图书有限公司
地　　址	北京市西城区北三环中路6号　京版大厦B座702室
邮　　编	100120
电　　话	(010) 58572763（总编室）
	(010) 58572878（编辑室）
	(010) 64280045（发　行）
传　　真	(010) 64280045/58572763
网　　址	www.gmcbs.cn
经　　销	全国新华书店
印　　刷	天津海德伟业印务有限公司
开　　本	787 毫米×1092 毫米　1/16
印　　张	20
字　　数	121千字
版　　次	2023年4月第1版
印　　次	2023年9月第2次印刷
印　　数	10001~40000
书　　号	ISBN 978-7-5140-2369-5
定　　价	98.00元

本书部分文字作品著作权由中国文字著作权协会授权
电话：010-65978917，传真：010-65978926，E-mail:wenzhuxie@126.com

目录

第三章 雨雪风霜

第四章 日月星辰

大作家写给孩子的小散文

第五章　花草树木

第六章　舐犊情深

第七章　壮丽山河

第八章　人生百味

第一章　春光明媚

春的林野

◎许地山

　　春光在万山环抱里，更是泄漏得迟。那里的桃花还是开着；漫游的薄云从这峰飞过那峰，有时稍停一会儿，为的是挡住太阳，教地面的花草在它的荫下避避光焰的威吓。

　　岩下的阴处和山溪的旁边长满了薇蕨和其他凤尾草。红、黄、蓝、紫的小草花点缀在绿茵上头。

　　天中的云雀，林中的金莺，都鼓起它们的舌簧。轻风把它们的声音挤成一片，分送给山中各样有耳无耳的生物。桃花听得入神，禁不住落了几点粉泪，一片一片凝在地上。小草花听得大醉，也和着声音的节拍一会倒，一会起，没有镇定的时候。

大作家写给孩子的小散文

02

　　林下一班孩子正在那里捡桃花的落瓣哪。他们捡着，清儿忽嚷起来，道："嘎，邕邕来了！"众孩子住了手，都向桃林的尽头盼望。果然邕邕也在那里摘草花。

　　清儿道："我们今天可要试试阿桐的本领了。若是他能办得到，我们都把花瓣穿成一串璎珞围在他身上，封他为大哥如何？"

　　众人都答应了。

　　你且看：漫游的薄云还是从这峰飞过那峰。

　　你且听：云雀和金莺的歌声还布满了空中和林中。在这万山环抱的桃林中，除那班爱闹的孩子以外，万物把春光领略得心眼都迷蒙了。

（节选，文字有删改）

🌀 聊聊大作家 🌀

　　许地山（1893—1941），名赞堃（kūn），字地山，笔名落华生，也叫落花生，原籍台湾台南，寄籍福建龙溪（今漳州）。中国现代作家、宗教学家，五四时期新文学运动先驱者之一。代表作品有小说《春桃》《商人妇》，散文集《空山灵雨》等。

🌀 谈谈小散文 🌀

　　《春的林野》是许地山的散文代表作，描绘了山野中的春景，以及拾花孩子的故事，充满春意与童趣，抒发了作者对春天的喜爱之情。

　　文章的开头写景：有动态，"漫游的薄云从这峰飞过那峰"；有静态，"岩下的阴处和山溪的旁边满长了薇蕨和其他凤尾草"；有色彩，"红、黄、蓝、紫的小草花点缀在绿茵上头"；有声音，"天中的云雀，林中的金莺，都鼓起它们的舌簧"，绘声绘色地描摹了山野的生机盎然和无限春色。

　　接下来，作者将描写的镜头对准一帮正在树下捡桃花落瓣的孩子，通过描述他们的故事，构筑了一个意趣盎然的场景，表现了孩子的天真烂漫。正是因为有了这群嬉戏玩闹的孩子，春光才更具生机和活力。

　　《春的林野》原题为《春底林野》，因为在五四时期的早期白话文阶段，"底"就是"的"，比如《为奴隶底母亲》就是《为奴隶的母亲》。

扫码阅读全文

春

◎朱自清

盼望着，盼望着，东风来了，春天的脚步近了。

一切都像刚睡醒的样子，欣欣然张开了眼。山朗润起来了，水涨起来了，太阳的脸红起来了。

小草偷偷地从土里钻出来，嫩嫩的，绿绿的。园子里，田野里，瞧去，一大片一大片满是的。坐着，躺着，打两个滚，踢几脚球，赛几趟跑，捉几回迷藏。风轻悄悄的，草软绵绵的。

桃树、杏树、梨树，你不让我，我不让你，都开满了花赶趟儿。红的像火，粉的像霞，白的像雪。花里带着甜味；闭了眼，树上仿佛已经满是桃儿、杏儿、梨儿。花下成千成百的蜜蜂嗡嗡地闹着，大小的蝴蝶飞来飞去。野花遍地是：杂样儿，有名字的，没名字的，散在草丛里，像眼睛，像星星，还眨呀眨的。

"吹面不寒杨柳风"，不错的，像母亲的手抚摸着你。风里带来些新翻的泥土的气息，混着青草味儿，还有各种花的香，都在微微润湿的空气里酝酿。鸟儿将巢安在繁花嫩叶当中，高兴起来了，呼朋引伴地卖弄清脆的喉咙，唱出宛转的曲子，与轻风流水应和着。牛背上牧童的短笛，这时候也成天在嘹亮地响着。

雨是最寻常的，一下就是三两天。可别恼。看，像牛毛，像花针，像细丝，密密地斜织着，人家屋顶上全笼着一层薄烟。树叶子却绿得发亮，小草也青得逼你的眼。傍晚时候，上灯了，一点点黄晕的光，烘托出一片安静而和平的夜。乡下去，小路上，石桥边，撑起伞慢慢走着的人；还有地里工作的农夫，披着蓑，戴着笠的。他们的草屋，稀稀疏疏的，在雨里静默着。

春天像刚落地的娃娃，从头到脚都是新的，他生长着。

春天像小姑娘，花枝招展的，笑着，走着。

春天像健壮的青年，有铁一般的胳膊和腰脚，领着我们上前去。

（节选，文字有删改）

◎ 聊聊大作家 ◎

朱自清（1898—1948），原名朱自华，字佩弦，原籍浙江绍兴，生于江苏东海，后定居江苏扬州。中国现代散文家、诗人、古典文学学者。其作品被誉为"白话美术文的模范"。代表散文作品有《桨声灯影里的秦淮河》《荷塘月色》等。

◎ 谈谈小散文 ◎

《春》发表于1933年，是朱自清的散文名篇。文章描绘了绿草如茵、百花争艳、春风拂面、细雨连绵的春景，呈现出充满希望的勃勃生机与无限活力。

文章首先运用拟人的手法，"一切都像刚睡醒的样子，欣欣然张开了眼"，总写春天的景色。接着，依次描绘了春草（"小草偷偷地从土里钻出来，嫩嫩的，绿绿的"）、春花（"桃树、杏树、梨树，你不让我，我不让你，都开满了花赶趟儿"）、春风（"像母亲的手抚摸着你"）、春雨（"像牛毛，像花针，像细丝，密密地斜织着"）的图景，分写春天的景色。最后，连用三个比喻句，构成排比句式，赞美春天的新鲜与活力，暗示人们也应当紧跟春天的脚步，去创造美好、愉悦、幸福的新生活。

《春》的语言具有诗性，单字、词组、短句的奇妙组合，比喻、拟人等手法的巧妙运用，将春天形象化、人格化、诗意化。读来，洒脱自然；读罢，意蕴悠长。

春风

◎林斤澜

北京人说："春脖子短。"南方来的人觉着这个"脖子"有名无实，冬天刚过去，夏天就来到眼前了。

最激烈的意见是："哪里有什么春天，只见起风、起风，成天刮土、刮土，眼睛也睁不开，桌子一天擦一百遍……"

其实，意见里说的景象，不冬不夏，还得承认是春天。不过不像南方的春天，那也的确。褒贬起来着重于春风，也有道理。

08

大作家写给孩子的小散文

起初，我也怀念江南的春天，"暮春三月，江南草长，杂花生树，群莺乱飞。"这样的名句是老窖名酒，是色香味俱全的。这四句里没有提到风，风原是看不见的，又无所不在的。江南的春风抚摸大地，像柳丝的飘拂；体贴万物，像细雨的滋润。这才草长，花开，莺飞……

北京的春风真就是刮土吗？后来我有了别样的体会，那是下乡的好处。

我在京西的大山里、京东的山边上，曾数度"春脖子"。背阴的岩下，积雪不管立春、春分，只管冷森森的，没有开化的意思。是潭、是溪、是井台还是泉边，凡带水的地方，都坚持着冰块、冰砚、冰溜、冰碴……一夜之间，春风来了。忽然，从塞外的苍苍草原、莽莽沙漠，滚滚而来。从关外扑过山头，漫过山梁，插山沟，灌山口，呜呜吹号，哄哄呼啸，飞沙走石，扑在窗户上，撒拉撒拉，扑在人脸上，如无数的针扎。

轰的一声，是哪里的河冰开裂吧。嘎的一声，是碗口大的病枝刮折了。有天夜间，我住的石头房子的木头架子，格拉拉、格拉拉响起来，晃起来。仿佛冬眠惊醒，伸懒腰，动弹胳臂腿，浑身关节挨个儿格拉拉、格拉拉地松动。

麦苗在霜冻里返青了，山桃在积雪里鼓苞了。清早，着大靰鞡鞋，穿老羊皮背心，使荆条背篓，背带冰碴的羊粪，绕山嘴，上山梁，爬高高的梯田，春风呼哧呼哧地，帮助呼哧呼哧的人们，把粪肥抛撒匀净。好不痛快人也。

北国的山民，喜欢力大无穷的好汉。到喜欢得不行时，连捎带来的粗暴，也只觉着解气。要不，请想想，柳丝飘拂般的抚摸，细雨滋润般的体贴，又怎么过草原、走沙漠、扑山梁？又怎么踢打得开千里冰封和遍地赖着不走的霜雪？

如果我回到江南，老是乍暖还寒，最难将息，老是牛角淡淡的阳光，牛尾蒙蒙的阴雨，整天好比穿着湿布衫，墙角落里发霉，长蘑菇，有死耗子味儿。

能不怀念北国的春风！

（文字有改动）

◎ 聊聊大作家 ◎

林斤澜（1923—2009），原名林庆澜，曾用名林杰、鲁林杰，浙江温州人。中国现当代作家、诗人、评论家。代表作品有小说集《春雷》《山里红》《满城飞花》，文论集《小说说小》，散文集《舞伎》等。

◎ 谈谈小散文 ◎

文章构思巧妙，整体采用先抑后扬的手法，并通过与江南春风的对比，来写北国的春风，表达了对北国春风的怀念。

文章开篇围绕"春脖子短"，提出了对北方春天的几种不同意见，自然引出了文章的描写对象"春风"。然后，作者笔锋一转，"北京的春风真就是刮土吗？后来我有了别样的体会，"情感从贬抑转向褒赏，自然引出自己下乡的亲身经历。接下来，从视觉（"飞沙走石，扑在窗户上"）、感觉（"扑在人脸上，如无数的针扎"）、听觉（"轰的一声，是哪里的河冰开裂吧。嘎的一声，是碗口大的病枝刮折了"）等不同的角度，来具体描绘无形的春风。最后，作者运用想象的手法，"如果我回到江南"，假想自己的感受，从而抒发了"能不怀念北国的春风！"的强烈情感。

此外，文章语言独具特色，长句和短句交错，对偶句和排比句搭配，叠字和叠词穿插，增强了美感和韵律。

春意挂上了树梢

◎萧红

三月，花还没有开，人们嗅不到花香，只是马路上融化了积雪的泥泞干起来。天空打起朦胧的多有春意的云彩；暖风和轻纱一般浮动在街道上、院子里。春末了，关外的人们才知道春来了。春是来了，街头的白杨树蹿着芽，拖马车的马冒着气，马车夫们的大毡靴也不见了，行人道上外国女人的脚又从长筒套鞋里显现出来。笑声，见面打招呼声，又复活在行人道上。商店为着快快地传播春天的感觉，橱窗里的花已经开了，草也绿了，那是布置着公园的夏景。我看得很凝神的时候，有人撞了我一下，是汪林，她也戴着那样小檐的帽子。

"天真暖啦！走路都有点热。"

大作家写给孩子的小散文

看着她转过"商市街"，我们才来到另一家店铺，并不是买什么，只是看看，同时晒晒太阳。这样好的行人道，有树，也有椅子，坐在椅子上，把眼睛闭起，一切春的梦，春的谜，春的暖力……这一切把自己完全陷进去。听着，听着吧！春在歌唱……

"大爷，大奶奶……帮帮吧……"这是什么歌呢，从背后来的？这不是春天的歌吧！

那个叫花子嘴里吃着个烂梨，一条腿和一只脚肿得把另一只显得好像不存在似的。"我的腿冻坏啦！大爷，帮帮吧！唉唉……"

有谁还记得冬天？阳光这样暖了！街树蹿着芽！

手风琴在隔道唱起来，这也不是春天的调子，只要一看那个盲人为着拉琴而扭歪的头，就觉得很残忍。盲人他摸不到春天，他没有眼睛。坏了腿的人，他走不到春天，他有腿也等于无腿。

世界上这一些不幸的人，存在着也等于不存

在，倒不如赶早把他们消灭掉，免得在春天他们会唱这样难听的歌。

汪林在院心吸着一支烟卷，她又换了一套衣裳。那是淡绿色的，和树枝发出的芽一样的颜色。她腋下夹着一封信，看见我们，赶忙把信送进衣袋去。

"大概又是情书吧！"郎华随便说着玩笑话。

她跑进屋去了。香烟的烟缕在门外打了一下旋卷才消灭。

夜，春夜，中央大街充满了音乐的夜。流浪人的音乐，日本舞场的音乐，外国饭店的音乐……七点钟以后，中央大街的中段，在一条横口，那个很响的扩音机哇哇地叫起来，这歌声差不多响彻全街。若站在商店的玻璃窗前，会疑心是玻璃发着震响。一条完全在风雪里寂寞的大街，今天第一次又号叫起来。

外国人！绅士样的，流氓样的，老婆子，少女们，跑了满街……有的连起人排来封闭住商店的窗子，但这只限于年轻人。也有的同唱机一样唱起来，但这也只限于年轻人。这好像特有的年轻人的集会。他们和姑娘们一道说笑，和姑娘们连起排来走。中国人来混在这些卷发人中间，少得只有七分之一，或八分之一。但是汪林在其中，我们又遇到她。她和另一个也和她同样打扮漂亮的、白脸的女人同走……卷发的人用俄国话说她漂亮。她也用俄国话和他们笑了一阵。

中央大街的南端，人渐渐稀疏了。

墙根，转角，都发现着哀哭，老头子，孩子，母亲们……哀哭着的是永久被人间遗弃的人们！那边，还望得见那边快乐的人群，还听得见那边快乐的声音。

三月，花还没有开，人们嗅不到花香。

夜的街，树枝上嫩绿的芽子看不见，是冬天吧？是秋天吧？但快乐的人们，不问四季总是快乐；哀哭的人们，不问四季也总是哀哭！

（文字有改动）

ⓔ 聊聊大作家

萧红（1911—1942），原名张迺莹，黑龙江呼兰（今哈尔滨市呼兰区）人。中国现代女作家，被誉为"20世纪30年代的文学洛神"，与吕碧城、石评梅、张爱玲并称"民国四大才女"。代表作品有长篇小说《生死场》《马伯乐》《呼兰河传》等。

ⓔ 谈谈小散文

《春意挂上了树梢》是萧红的散文代表作，文章以"春意"为线索，按照时间顺序描写了同一个"春意"中的不同人们，表达了作者对社会底层人们的深切同情。

文章开篇描写春天的景色，由景色自然引出人的活动，而人又分为社会底层和社会高层两类。生活在最底层的不幸的中国人，有"叫花子""盲人""坏了腿的人""老头子，孩子，母亲们"，他们在春光里乞讨、"哀哭"；而与此形成鲜明对比的是，衣食无忧的中国人和高高在上的外国人，他们逛逛街，晒晒太阳，尽情地享受春光。

在文章中，作者运用反复和前后照应的手法，使得文章更加紧凑顺畅。比如开头的"三月，花还没有开，人们嗅不到花香"和结尾的"三月，花还没有开，人们嗅不到花香"，开头的"春是来了，街头的白杨树蹿着芽"和中间的"阳光这样暖了！街树蹿着芽"，这些句子使得文章结构更为紧凑，文意更为连贯，呼应性更强。

扫码阅读全文

又是一年春草绿

◎梁遇春

　　一年四季，我最怕的却是春天。夏的沉闷，秋的枯燥，冬的寂寞，我都能够忍受，有时还感到片刻的欣欢。灼热的阳光，憔悴的霜林，浓密的乌云，这些东西跟满目疮痍的人世是这么相称，真可算做这出永远演不完的悲剧的绝好背景。当个演员，同时又当个观客的我虽然心酸，看到这么美妙的艺术，有时也免不了陶然色喜，传出灵魂上的笑涡了。坐在炉边，听到呼呼的北风，一页一页翻阅一些畸零人的书信或日记，我的心境大概有点像人们所谓春的情调罢。可是一看到阶前草绿，窗外花红，我就感到宇宙的不调和，好像在弥留病人的榻旁听到少女的轻脆的笑声，不，简直好像参加婚礼时候听到凄楚的丧钟。

　　这到底是恶魔的调侃呢，还是垂泪的慈母拿几件新奇的玩物来哄临终的孩子呢？每当大地春回的时候，我常想起《哈姆雷特》里面那位姑娘戴着鲜花圈子，唱着歌儿，沉到水里去了。这真是莫大的悲剧呀，比哈姆雷特的命运还来得可伤，叫人们啼笑皆非，只好朦胧地徜徉于迷途之上，在谜的空气里度过鲜血染着鲜花的一生了。坟墓旁年年开遍了春花，宇宙永远是这样二元，两者错综起来，就构成了这个杂乱下劣的人世了。其实不单自然界是这样子安排颠倒遇颠连，人事也无非如此白莲与污泥相接，在卑鄙坏恶的人群里偏有些雪白晶清的魂，可是旷世的伟人又是三寸名心未死，落个白玉之玷了。天下有了伪君子，我们虽然亲眼看见美德，也不敢贸然去相信了；可是极无聊，极不堪的下流种子有时却磊落大方，一鸣惊人，情愿把自己牺牲了。席勒说："只有错误才是活的，真理只好算做个死东西罢了。"可见

大作家写给孩子的小散文

连抽象的境界里都不会有个称心如意的事情了。"可哀惟有人间世",大概就是为着这个原因罢。

　　我是个常带笑脸的人,虽然心绪凄其的时候居多。可是我的笑并不是百无聊赖时的苦笑,假使人生单使我们觉得无可奈何,"独闭空斋画大圈",那么这个世界也不值得一笑了。我的笑也不是世故老人的冷笑,忙忙扰扰的哀乐虽然尝过了不少,鬼鬼祟祟的把戏虽然也窥破了一二,我却总不拿这类下流的伎俩放在眼里,以为不值得尊称为世故的对象,所以不管我多么焦头烂额,立在这片瓦砾场中,我向来不屑对于这些加之以冷笑。

（节选，文字有删改）

◎ 聊聊大作家 ◎

梁遇春（1906—1932），笔名驭聪、秋心等，福建闽侯人。中国现代散文家、翻译家，其散文风格别具一格，兼有中西方文化特色，被郁达夫誉为"中国的伊利亚"。代表作品有散文集《春醪集》《泪与笑》《春雨》等。

◎ 谈谈小散文 ◎

《又是一年春草绿》是梁遇春的散文代表作，这篇"写春"的散文充满的感伤色彩、夹叙夹议的行文和丰富的想象，别树一帜。

梁遇春一反历来"咏春"的常态，开篇即说："一年四季，我最怕的却是春天。"为全文奠定基调，再由"一看到阶前草绿，窗外花红，我就感到宇宙的不调和"，自然引出自己对春天的诸多感慨。然后作者调动自己丰富的知识，通过《哈姆雷特》和席勒的话语等，抒写对人生的感悟和对世界的体悟，充满了苦难时代心中难以排遣的孤寂和忧伤。

整篇行文旁征博引、文辞优美而富有哲理，用看似平淡的语调，讲述了作者对坎坷波折的人生和世界的认识，感伤但不失对身边世界的关心。作者观察人生，吟叹人生，挖掘人生，寓意深刻、意义深远，给人许多关于时代与生活的思考与启迪。

大作家写给孩子的小散文

第二章　夏日炎炎

夏的歌颂

◎庐隐

出汗不见得是很坏的生活吧，全身感到一种特别的轻松。尤其是出了汗去洗澡，更有无穷的舒畅，仅仅为了这一点，我也要歌颂夏天。

其久被压迫，而要挣扎过——而且要很坦然地过去，这也不是毫无意义的生活吧，——春天是使人柔困，四肢瘫软，好像受了酒精的毒，再无法振作；秋天呢，又太高爽，轻松使人忘记了世界上有骆驼——说到骆驼，谁也忘不了它那高峰凹谷之间的重载，和那慢腾腾、不尤不怨地往前走的姿势吧！冬天虽然是风雪严厉，但头脑尚不受压轧。只有夏天，它是无隙不入地压迫你。你每一个毛孔，每一根神经，都受着重大的压轧；同时还有臭虫蚊子苍蝇助虐的四面夹攻，这种极度紧张的夏日生活，正是训练人类变成更坚强而有力量的生物。因此我又不得不歌颂夏天！

　　二十世纪的人类，正度着夏天的生活——纵然有少数阶级，他们是超越天然，而过着四季如春享乐的生活，但这太暂时了，时代的轮子，不久就要把这特殊的阶级碎为齑粉！——夏天的生活是极度紧张而严重，人类必要努力地挣扎过，尤其是我们中国不论士农工商军，哪一个不是喘着气，出着汗，与紧张压迫的生活拼命呢？脆弱的人群中，也许有诅咒，但我却以为只有虔敬地承受，我们尽量地出汗，我们尽量地发泄我们生命之力，最后我们的汗液，便是甘霖的源泉，这炎威逼人的夏天，将被这无尽的甘霖所毁灭，世界变得清明爽朗。

　　夏天是人类生活中，最雄伟壮烈的一个阶段，因此，我永远地歌颂它。

（文字有改动）

◎ 聊聊大作家 ◎

庐隐(1899—1934),原名黄淑仪,又名黄英,笔名"庐隐",有隐去庐山真面目的意思,福建福州人。中国现代女作家,与冰心、林徽因并称"福州三大才女"。代表作品有小说《海滨故人》《归雁》《象牙戒指》等。

◎ 谈谈小散文 ◎

《夏的歌颂》表面上写的是对夏天的歌颂,实则是对生命力量的歌颂与赞美。

文章开篇作者从出汗洗澡的日常生活细节入手,点明了自己"歌颂夏天"的原因。然后,作者运用对比的手法,来写春天("使人柔困")、秋天("又太高爽")、冬天("风雪严厉")带给人的不同感受,从而突出了夏天能够带给我们压迫,"极度紧张的夏日生活,正是训练人类变成更坚强而有力量的生物",能够磨炼人的意志,激发人的斗志,锻炼人的力量,再次申明了自己"歌颂夏天"的原因。接着,作者笔锋一转,由夏天写到当时的现实生活,当时的人类"正度着夏天的生活",呼吁人们要"尽量地出汗,我们尽量地发泄我们生命之力",去毁灭这个充满压迫的社会,创造一个"清明爽朗"的世界。最后,作者直抒胸臆,"夏天是人类生活中,最雄伟壮烈的一个阶段,因此,我永远地歌颂它",又一次表达了对夏天、对生命的歌颂。

大作家写给孩子的小散文

扫码阅读全文

夏 感

◎ 梁衡

充满整个夏天的是个紧张、热烈、急促的旋律。

好像炉子上的一锅冷水在逐渐泛泡、冒气而终于沸腾了一样，山坡上的芊芊细草渐渐滋成一片密密的厚发，林带上的淡淡绿烟也凝成一堵黛色长墙。轻飞曼舞的蜂蝶不多见了，却换来烦人的蝉儿，潜在树叶间一声声地长鸣。火红的太阳烘烤着一片金黄的大地，浪翻滚着，扑打着远处的山，天上的云，扑打着公路上的汽车，像海浪涌着一艘艘的舰船。金色主宰了世界上的一切，热风浮动着、飘过田野，吹送着已熟透的麦香。那春天的灵秀之气经过半年的积蓄，这时已酿成一种磅礴之势，在田野上滚动，在天地间升腾。夏天到了。

夏天的色彩是金黄的。按绘画的观点，这大约有其中的道理。春之色为冷的绿，如碧波，如嫩竹，贮满希望之情；秋之色为热的赤，如夕阳，如红叶，标志着事物的终极。夏天当春华秋实之间，自然应了这中性的黄色——收获之已有而希望还未尽，正是一个承前启后、生命交替的旺季。你看，麦子刚刚割过，田间那挑着七八片绿叶的棉苗，那朝天举着喇叭筒的高粱、玉米，那在地上匍匐前进的瓜秧，无不迸发出旺盛的活力。这时她们已不是在春风微雨中细滋慢长，而是在暑气的蒸腾下，蓬蓬勃发，向秋的终点作着最后的冲刺。

夏天的旋律是紧张的，人们的每一根神经都被绷紧。你看田间那些挥镰的农民，弯着腰，流着汗，只想着快割，快割；麦子上场了，又想着快打，快打。他们早起晚睡

大作家写给孩子的小散文

亦够苦了，半夜醒来还要听听窗纸，可是起了风；看看窗外，天空可是遮上了云。麦子打完了，该松一口气了，又得赶快去给秋苗追肥、浇水。"田家少闲月，五月人倍忙"，他们的肩上挑着夏秋两季。

遗憾的是，历代文人不知写了多少春花秋月，却极少有夏的影子。大概，春日融融，秋波澹澹，而夏呢，总是浸在苦涩的汗水里。有闲情逸致的人，自然不喜欢这种紧张的旋律。我却想大声赞美这个春与秋之间的黄金的夏季。

（文字有改动）

◎ 聊聊大作家 ◎

梁衡（1946—），山西霍州人。中国当代散文家、学者、记者。代表散文作品有《大无大有周恩来》《晋祠》《跨越百年的美丽》《壶口瀑布》《青山不老》《把栏杆拍遍》等。

◎ 谈谈小散文 ◎

《夏感》写于1984年，是梁衡的散文代表作。文章描写了夏季的景象，表达了作者对夏季的情有独钟和欢喜热爱。

文章开篇概述夏天的总体特点——"紧张、热烈、急促"，总领全文，为下文奠定了基调。

接下来，具体描述夏天的自然风光和夏天农民劳作的景象。

先写夏天的自然风光，"山坡""林带""烦人的蝉儿""火红的太阳""田野"的变化，说明"夏天到了"。夏天的色彩是金黄色的，这种金黄色寓意着"收获之已有而希望还未尽"。提到"收获"自然引出夏季农民劳作的景象："挥镰的农民，弯着腰，流着汗，只想着快割，快割；麦子上场了，又想着快打，快打"。农民劳作的辛苦和紧张，更显出"夏天的旋律是紧张的"。

文章结尾，作者运用欲扬先抑的手法，先夸春秋的好，最后转折并直抒胸臆，"我却想大声赞美这个春与秋之间的黄金的夏季"，表达了对夏季的热爱和赞美。

苦夏

◎冯骥才

　　四季是来自宇宙的最大的节拍。在每一个节拍里，大地的景观便全然变换与更新。四季还赋予地球以诗，故而悟性极强的中国人，在四言绝句中确立的法则是：起，承，转，合。这四个字恰恰就是四季的本质。起始如春，承续似夏，转变若秋，合拢为冬。合在一起，不正是地球生命完整的一轮？为此，天地间一切生命全都依从着这一节拍，无论岁岁枯荣与生死的花草百虫，还是长命百岁的漫漫人生。然而在这生命的四季里，最壮美和最热烈的不是这长长的夏吗？

　　女人们孩提时的记忆散布在四季，男人们的童年往事大多是在夏天里。这由于，我们儿时的伴侣总是各种各样的昆虫——蜻蜓、天牛、蚂蚱、螳螂、蝴蝶、蝉、蚂蚁、蚯蚓，此外还有青蛙和鱼儿。它们都是夏日生活的主角；每种昆虫都给我们带来无穷的快乐。甚至我对家人和朋友们记忆最深刻的细节，也都与昆虫有关。比如妹妹一见到壁虎就发出一种特别恐怖的尖叫；比如邻家那个斜眼的男孩子专门残害蜻蜓；比如同班一个好看的女生头上花形的发卡，总招来蝴蝶落在上边；再比如，父亲睡在铺了凉席的地板上，夜里翻身居然压死了一只蝎子——这不可思议的事使我感到父亲的无比强大。后来父亲挨斗，挨整，写检查；我劝慰和宽解他，怕他自杀，替他写检查——那是我最初写作的内容之一。这时候父亲那种强大感便不复存在。生活中的一切事物，包括夏天的意味全都发生了变化。

在快乐的童年里，根本不会感到蒸笼般夏天的难耐与难熬。唯有在此后艰难的人生里，才体会到苦夏的滋味。快乐把时光缩短，苦难把岁月拉长，一如这长长的仿佛没有尽头的苦夏。但我至今不喜欢谈自己往日的苦楚与磨砺。相反，我却从中领悟到"苦"字的分量。苦，原是生活中的蜜。人生的一切收获都压在这沉甸甸的"苦"字的下边。

然而一半的"苦"字下边又是一无所有。你用尽平生的力气，最终所获与初始时的愿望竟然去之千里。你该怎么想？

于是我懂得了这苦夏——它不是无尽头的暑热的折磨，而是我们顶着毒日头默默又坚忍的苦斗的本身。人生的力量全是对手给的，那就是要把对手的压力吸入自己的骨头里。强者之力最主要的是承受力。只有在匪夷所思的承受中才会感到自己属于强者，也许为此，我的写作一大半是在夏季。很多作家包括普希金不都是在爽朗而惬意的秋天里开花结果？我却每每进入炎热的夏季，反而写作力加倍地旺盛。我想，这一定是那些沉重的人生的苦夏，锻造出我这个反常的性格习惯。我太熟悉那种写作久了，汗湿的胳膊粘在书桌玻璃上的美妙无比的感觉。

（节选，文字有删改）

◎ 聊聊大作家 ◎

冯骥才（1942—），祖籍浙江宁波，生于天津。中国当代作家、画家、社会活动家。代表作品有短篇小说《高女人和她的矮丈夫》，中篇小说《神鞭》，长篇小说《单筒望远镜》，散文集《珍珠鸟》，小说集《俗世奇人》等。

◎ 谈谈小散文 ◎

《苦夏》是一篇从季节角度出发，叙写生命的散文佳作。作者从小时候的生活写起，从"乐夏"到"苦夏"，启迪我们要平和看待人生中的苦难历程，去努力创造生命的辉煌。

本文开头通过对"四季是来自宇宙的最大的节拍"的议论，道出作者心中对生命的微妙感受，也自然转入对四季之"夏"的抒写。接着，作者写了对夏天独特的记忆，主要是夏天的昆虫带来的"无穷的快乐"，甚至包括父亲"夜里翻身居然压死了一只蝎子"这样别样的事件。作者也正是从这个事件中对父亲"无比强大"的形象塑造，自然转入对人生苦难经历的叙述，转入真正的"苦夏"，但也正是其中的苦难，锻造了自己生命的硬度和韧性。

整篇散文结构严谨，语言富有生活气息和画面感，作者通过"苦夏"的象征角度，阐述了自己从人生中体会到的生命感悟，写出了历经千般苦难后的平常而淡然的心境，启迪我们对生命和生活保持积极乐观的心态。

大作家写给孩子的小散文

扫码阅读全文

囚绿记

◎陆蠡

这是去年夏间的事情。

我住在北平的一家公寓里。我占据着高广不过一丈的小房间，砖铺的潮湿的地面，纸糊的墙壁和天花板，两扇木格子嵌玻璃的窗，窗上有很灵巧的纸卷帘，这在南方是少见的。

窗是朝东的。北方的夏季天亮得快，早晨五点钟左右太阳便照进我的小屋，把可畏的光线射个满室，直到十一点半才退出，令人感到炎热。这公寓里还有几间空房子，我原有选择是自由的，但我终于选定了这朝东房间，我怀着喜悦而满足的心情占有它，那是有一个小小理由。

这房间靠南的墙壁上，有一个小圆窗，直径一尺左右。窗是圆的，却嵌着一块六角形的玻璃，并且左下角是打碎了、留下一个大孔隙，手可以随意伸进伸出。圆窗外面长着常春藤。当太阳照过它繁密的枝叶，透到我房里来的时候，便有一片绿影。我便是欢喜这片绿影才选定这房间的。当公寓里的伙计替我提了随身小提箱，领我到这房间来的时候，我瞥见这绿影，感觉到一种喜悦，便毫不犹疑地决定下来，这样了截爽直使公寓里伙计都惊奇了。

绿色是多宝贵的啊！它是生命，它是希望，它是慰安，它是快乐。我怀念着绿色把我的心等焦了。我欢喜看水白，我欢喜看草绿。我疲累于灰暗的都市的天空和黄漠的平原，我怀念着绿色，如同涸辙的鱼盼等着雨水！我急不暇择的心情即使一枝之绿也视同至宝。当我在这小房中安顿下来，我移徙小台子到圆窗下，让我的面朝墙壁和小窗。门虽是常开着，可没人来打扰我，因为在这古城中我是孤独而陌生。但我并不感到孤独。我忘记了困倦的旅程和已往的许多不快的记忆。我望着这小圆洞，绿叶和我对语。我了解自然无声的语言，正如它了解我的语言一样。

我快活地坐在我的窗前。度过了一个月，两个月，我留恋于这片绿色。我开始了解渡越沙漠者望见绿洲的欢喜，我开始了解航海的冒险家望见海面漂来花草的茎叶的欢喜。人是在自然中生长的，绿是自然的颜色。

　　我天天望着窗口常春藤的生长。看它怎样伸开柔软的卷须，攀住一根缘引它的绳索，或一茎枯枝；看它怎样舒开折叠着的嫩叶，渐渐变青，渐渐变老，我细细观赏它纤细的脉络，嫩芽，我以拔苗助长的心情，巴不得它长得快，长得茂绿。下雨的时候，我爱它淅沥的声音，婆娑的摆舞。

　　忽然有一种自私的念头触动了我。我从破碎的窗口伸出手去，把两枝浆液丰富的柔条牵进我的屋子里来，教它伸长到我的书案上，让绿色和我更接近，更亲密。我拿绿色来装饰我这简陋的房间，装饰我过于抑郁的心情。我要借绿色来比喻葱茏的爱和幸福，我要借绿色来比喻猗郁的年华。我囚住这绿色如同幽囚一只小鸟，要它为我做无声的歌唱。

　　（节选，文字有删改）

🌀 聊聊大作家 🌀

陆蠡（lǐ）（1908—1942），原名陆考原，字圣泉，浙江天台人。中国现代散文家、翻译家。代表作品有散文集《竹刀》等，译著有俄国屠格涅夫的《罗亭》、法国拉·封丹的《寓言诗》等。

🌀 谈谈小散文 🌀

《囚绿记》写于1938年，正值抗日战争期间。作者在特殊时期"借绿言志"，寄托了作者对生命、对爱和幸福的珍视之情，更含蓄表达了作者对处境艰难中的中华民族顽强不屈、不畏强暴、追求光明的赞美之情。

全文把绿枝当作自己的朋友来写，讲述了作者与常春藤绿枝条的一段"交往"经历。文章开篇从"去年夏间的事情"引入，围绕"绿"逐层展开思路，完整讲述了孤旅生涯中"囚绿"的故事。首先是"择绿"，从"窗户向东"写起，自然引出常春藤。接着是"恋绿"，作者通过对绿枝条的直接描写和对自己心理活动的间接描写，表现出自己对"绿"的生命力的赞美和喜爱。选文部分至"囚绿"，以一种执着之情表达对绿友的爱之深。

这篇散文结构精巧、变化多端，外在描写和心理描写相结合，凝聚了充沛的感情力量，对光明与自由的向往之情令人易生共鸣。

大作家写给孩子的小散文

扬州的夏日

◎朱自清

扬州从隋炀帝以来，是诗人文士所称道的地方；称道得多了，称道得久了，一般人便也随声附和起来。直到现在，你若向人提起扬州这个名字，他会点头或摇头说："好地方！好地方！"特别是没去过扬州而念过些唐诗的人，在他心里，扬州真像蜃楼海市一般美丽；他若念过《扬州画舫录》一类书，那更了不得了。但在一个久住扬州像我的人，他却没有那么多美丽的幻想，他的憎恶也许掩住了他的爱好；他也许离开了三四年并不去想它。若是想呢，——你说他想什么？女人；不错，这似乎也有名，但怕不是现在的女人吧？——他也只会想着扬州的夏日，虽然与女人仍然不无关系的。

北方和南方一个大不同，在我看，就是北方无水而

南方有。诚然，北方今年大雨，永定河、大清河甚至决了堤防，但这并不能算是有水；北平的三海和颐和园虽然有点儿水，但太平衍了，一览而尽，船又那么笨头笨脑的。有水的仍然是南方。扬州的夏日，好处大半便在水上——有人称为"瘦西湖"，这个名字真是太"瘦"了，假西湖之名以行，"雅得这样俗"，老实说，我是不喜欢的。下船的地方便是护城河，曼衍开去，曲曲折折，直到平山堂——这是你们熟悉的名字——有七八里河道，还有许多权权丫丫的支流。这条河其实也没有顶大的好处，只是曲折而有些幽静，和别处不同。

沿河最著名的风景是小金山、法海寺、五亭桥；最远的便是平山堂了。金山你们是知道的，小金山却在水中央。在那里望水最好，看月自然也不错——可是我还不曾有过那样福气。"下河"的人十之九是到这儿的，人不免太多些。法海寺有一个塔，和北海的一样，据说

大作家写给孩子的小散文

是乾隆皇帝下江南，盐商们连夜督促匠人造成的。法海寺著名的自然是这个塔；但还有一桩，你们猜不着，是红烧猪头。夏天吃红烧猪头，在理论上也许不甚相宜；可是在实际上，挥汗吃着，倒也不坏的。五亭桥如名字所示，是五个亭子的桥。桥是拱形，中一亭最高，两边四亭，参差相称；最宜远看，或看影子，也好。桥洞颇多，乘小船穿来穿去，另有风味。平山堂在蜀冈上。登堂可见江南诸山淡淡的轮廓；"山色有无中"一句话，我看是恰到好处，并不算错。这里游人较少，闲坐在堂上，可以永日。沿路光景，也以闲寂胜。从天宁门或北门下船。蜿蜒的城墙，在水里倒映着苍黝的影子，小船悠然地撑过去，岸上的喧扰像没有似的。

（节选，文字有删改）

◎ 聊聊大作家 ◎

朱自清（1898—1948），原名朱自华，字佩弦，原籍浙江绍兴，生于江苏东海，后定居江苏扬州。中国现代散文家、诗人、古典文学学者。其作品被誉为"白话美术文的模范"。代表散文作品有《桨声灯影里的秦淮河》《荷塘月色》等。

◎ 谈谈小散文 ◎

《扬州的夏日》是著名散文家朱自清介绍扬州的一篇美文。朱自清原籍浙江绍兴，后随父定居扬州，全篇以一个"老扬州人"的视角，为读者展现了景色优美、人文历史深厚的扬州。

作者开篇即将一般人对扬州的赞美和"一个久住扬州像我的人，他却没有那么多美丽的幻想"对比，引入对扬州的回忆，曲折有致，令人耳目一新。接下来作者以"亲历者"的口吻讲述扬州，重点说扬州夏日的好处大半在"水"上，并引发对于南北方差异的议论，也隐含对扬州的思念。之后写"沿河最著名的风景"，乘船"下河"，直接或间接地落笔在"水"上。江南水道、名胜古迹等，都写出了扬州特有的水趣，也显示出扬州深厚的人文底蕴和生活美感。

全文雅趣横生、洒脱自然，语言清新优美，整篇对扬州的叙述逐次展开又重点突出，抒发了作者对扬州的热恋，传达出其对扬州人文历史、风俗生活的赞美。

第三章 雨雪风霜

雨

扫码阅读全文

◎刘半农

妈！我今天要睡了——要靠着我的妈早些睡了。听！后面草地上，更没有半点声音；是我的小朋友们，都靠着他们的妈早些去睡了。

听！后面草地上，更没有半点声音；只是墨也似的黑！只是墨也似的黑！怕啊！野狗野猫在远远地叫，可不要来啊！只是那叮叮咚咚的雨，为什么还在那里叮叮咚咚的响？

妈！我要睡了！那不怕野狗野猫的雨，还在墨黑的草地上，叮叮咚咚的响。它为什么不回去呢？它为什么不靠着它的妈，早些睡呢？

妈！你为什么笑？你说它没有家么？——昨天不下雨的时候，草地上全是月光，它到哪里去了呢？你说它没有妈么？——不是你前天说，天上的黑云，便是它的妈么？

妈！我要睡了！你就关上了窗，不要让雨来打湿了我们的床。你就把我的小雨衣借给雨，不要让雨打湿了雨的衣裳。

大作家写给孩子的小散文

◎ 聊聊大作家 ◎

刘半农（1891—1934），名复，初字半侬，后改半农，晚号曲庵，江苏江阴人。中国现代诗人、语言学家。曾参加新文化运动，提倡白话诗。代表作品有诗集《扬鞭集》，民歌集《瓦釜集》和《半农杂文》等。

◎ 谈谈小散文 ◎

《雨》写于1920年，在文章前，作者有一句题记："这全是小蕙的话，我不过替她做个速记，替她连串一下便了。"小蕙是作者的女儿，这篇文章是作者以小蕙的口吻写的童话散文诗，它以孩子的视角描绘了一个美好的童话的世界，展现了一个可爱的小女孩的童真童趣。

文章围绕母亲和孩子睡前的温馨画面展开，"要靠着我的妈早些睡了"。但她睡不着，她有很多"怕"：她害怕黑夜，害怕野猫野狗，害怕窗外叮叮咚咚作响的雨。因为雨声叮咚，她发出了只有天真的孩子才会有的疑问："它为什么不回去呢？它为什么不靠着它的妈，早些睡呢？"这样的提问在大人们听来不觉好笑，"妈！你为什么笑？"，面对母亲的笑，孩子自然又要问，"你说它没有家么？"终于孩子要睡了，但还是念念不忘窗外的雨，并叮嘱妈妈要"把我的小雨衣借给雨"，多么可爱而富有爱心的小孩啊，这可能就是专属于孩子的童真童趣吧！

雪

◎鲁迅

暖国的雨，向来没有变过冰冷的坚硬的灿烂的雪花。博识的人们觉得他单调，他自己也以为不幸否耶？江南的雪，可是滋润美艳之至了；那是还在隐约着的青春的消息，是极壮健的处子的皮肤。雪野中有血红的宝珠山茶，白中隐青的单瓣梅花，深黄的磬口的腊梅花；雪下面还有冷绿的杂草。蝴蝶确乎没有；蜜蜂是否来采山茶花和梅花的蜜，我可记不真切了。但我的眼前仿佛看见冬花开在雪野中，有许多蜜蜂们忙碌地飞着，也听得他们嗡嗡地闹着。

孩子们呵着冻得通红，像紫芽姜一般的小手，七八个一齐来塑雪罗汉。因为不成功，谁的父亲也来帮忙了。罗汉就塑得比孩子们高得多，虽然不过是上小下大的一堆，终于分不清是壶卢还是罗汉；然而很洁白，很明艳，以自身的滋润相粘结，整个地闪闪地生光。孩子们用龙眼核给他做眼珠，又从谁的母亲的脂粉奁中偷得胭脂来

大作家写给孩子的小散文

涂在嘴唇上。这回确是一个大阿罗汉了。他也就目光灼灼地嘴唇通红地坐在雪地里。

第二天还有几个孩子来访问他；对了他拍手，点头，嬉笑。但他终于独自坐着了。晴天又来消释他的皮肤，寒夜又使他结一层冰，化作不透明的水晶模样；连续的晴天又使他成为不知道算什么，而嘴上的胭脂也褪尽了。

但是，朔方的雪花在纷飞之后，却永远如粉，如沙，他们决不粘连，撒在屋上，地上，枯草上，就是这样。屋上的雪是早已就有消化了的，因为屋里居人的火的温热。别的，在晴天之下，旋风忽来，便蓬勃地奋飞，在日光中灿灿地生光，如包藏火焰的大雾，旋转而且升腾，弥漫太空，使太空旋转而且升腾地闪烁。

在无边的旷野上，在凛冽的天宇下，闪闪地旋转升腾着的是雨的精魂……

是的，那是孤独的雪，是死掉的雨，是雨的精魂。

◎ 聊聊大作家 ◎

鲁迅（1881—1936），原名周树人，字豫才，浙江绍兴人。中国现代文学家、思想家，新文化运动的重要参与者，中国现代文学的奠基人。代表作品有小说集《呐喊》《彷徨》，散文诗集《野草》，散文集《朝花夕拾》，杂文集《坟》《热风》《华盖集》等。

◎ 谈谈小散文 ◎

《雪》选自鲁迅的散文诗集《野草》。文章描绘了江南雪景的柔美和北方雪景的壮美，表达了作者对北方的雪的喜爱之情。

文章的主旨是写雪，但以"暖国的雨"开篇、以"雨的精魂"煞尾，别出心裁，意蕴丰富。作者在描绘江南的雪景时首先概写它"滋润美艳之至"的特色；然后细写"宝珠山茶""单瓣梅花""磬口的腊梅花"所组成的江南的"雪野"，五彩缤纷，充满生机；接着，作者聚焦孩童"塑雪罗汉"这一特写镜头，意境清新幽远。最后，作者落笔北方的朔雪，它奇丽壮观的景象，给人蓬勃奋进的力量。结尾，用"死掉的雨""雨的精魂"来歌颂"朔方的雪"，升华了主题，达到哲理的境界，言有尽而意无穷。

大作家写给孩子的小散文

暴风雨之前

◎瞿秋白

宇宙都变态了！

一阵阵的浓云；天色是奇怪的黑暗，如果它还是青的，那简直是鬼脸似的靛青的颜色。是烟雾，是灰沙，还是云翳把太阳蒙住了？为什么太阳会是这么惨白的脸色？还露出了恶鬼似的雪白的十几根牙齿？

这青面獠牙的天日是多么鬼气阴森，多么凄惨，多么凶狠！

山上的岩石渐渐地蒙上一层面罩，沙滩上的沙泥簌簌地响着。远远近近的树林呼啸着，一忽儿低些，一忽儿高些，互相唱和着，呼啦呼啦……喊喊唶唶……——宇宙的呼吸都急促起来了。

一阵一阵的成群的水鸟，不知道在什么地方受着了惊吓，慌慌张张地飞过来。它们想往哪儿去躲？躲不了的！起初是偶然的，后来简直是时时刻刻发现在海面上的铄亮的，真所谓飞剑似的，一道道的毫光闪过去。这是飞鱼。它们生着翅膀，现在是在抱怨自己的爹娘没有给它们再生几只腿。它们往高处跳。跳到哪儿去？始终还是落在海里的！

海水快沸腾了。宇宙在颠簸着。

一股腥气扑到鼻子里来。据说是龙的腥气。极大的暴风雨和霹雳已经在天空里盘旋着，这是要"挂龙"了。隐隐的雷声一阵紧一阵松地滚着，雪亮的电闪扫着。一切都低下了头，闭住了呼吸，很慌乱地躲藏起来。只有成千成万的蜻蜓，一群群地哄动着，随着风飞来飞去。它们是奇形怪状的，各种颜色都有：有青白紫黑的，像人身上的伤痕，也有鲜丽的通红的，像人的鲜血。它们都很年轻，勇敢，居然反抗着青面獠牙的天日。

据说蜻蜓是"龙的苍蝇"。将要"挂龙"——就是暴风雨之前，这些"苍蝇"闻着了龙的腥气，就成群结队地出现。

暴风雨快要来了。暴风雨之中的雷霆，将要劈开黑幕重重的靛青色的天。海翻了个身似的泼天的大雨，将要洗干净太阳上的白翳。没有暴风雨的发动，不经过暴风雨的冲洗，是不会重见光明的。暴风雨啊，只有你能够把光华灿烂的宇宙还给我们！只有你！

但是，暂时还只在暴风雨之前。"龙的苍蝇"始终只是些苍蝇，还并不是龙的本身。龙固然已经出现了，可是，还没有扫清整个的天空呢。

（文字有改动）

◎ 聊聊大作家 ◎

瞿秋白（1899—1935），又名霜，别号秋白，江苏常州人。中国共产党早期主要领导人之一，无产阶级革命家、理论家、宣传家，中国革命文学事业的重要奠基者之一。代表作品有报告文学集《赤都心史》《饿乡纪程》等。

◎ 谈谈小散文 ◎

《暴风雨之前》写于1931年，发表于1932年，是瞿秋白的散文代表作。文章运用象征手法，诅咒了"青面獠牙的天日"，赞美了敢于反抗的"蜻蜓"，歌颂了让人"重见光明"的"暴风雨"。

文章以"宇宙都变态了！"起笔，引出了暴风雨之前的黑暗："一阵阵的浓云""天色是奇怪的黑暗""青面獠牙的天日是多么鬼气阴森"。再写昏暗天日下的大地："山上的岩石""沙滩上的沙泥""远远近近的树林"，"宇宙的呼吸都急促起来了"。在这种恶劣的境况下，成群的水鸟惊吓得四处躲藏，而只有"蜻蜓""反抗着青面獠牙的天日"。最后，文章赞美了"将要劈开黑幕重重的靛青色的天"的雷霆，"将要洗干净太阳上的白翳"的大雨。文章既是写实，更是象征，是对黑暗社会的控诉，也是对无产阶级领导下的革命群众的赞歌，是对"光华灿烂的"崭新世界的呼唤！

扫码阅读全文

听听那冷雨

◎余光中

惊蛰一过，春寒加剧。先是料料峭峭，继而雨季开始，时而淋淋漓漓，时而淅淅沥沥，天潮潮地湿湿，即连在梦里，也似乎把伞撑着。而就凭一把伞，躲过一阵潇潇的冷雨，也躲不过整个雨季。

杏花。春雨。江南。六个方块字，或许那片土就在那里面。而无论赤县也好神州也好中国也好，变来变去，只要仓颉的灵感不灭，美丽的中文不老，那形象，那磁石一般的向心力当必然长在。因为一个方块字是一个天地。太初有字，于是汉族的心灵他祖先的回忆和希望便有了寄托。譬如凭空写一个"雨"字，点点滴滴，滂滂沱沱，淅沥淅沥淅沥，一切云情雨意，就宛然其中了。视觉上的这种美感，岂是什么 rain 也好 pluie 也好所能满足的？翻开一部《辞源》或《辞海》，金木水火土，各成世界，而一入"雨"部，古神州的天颜千变万化，便悉在望中，美丽的霜雪云霞，骇人的雷电霹雳，展露的无非是神的好脾气与坏脾气，气象台百读不厌门外汉百思不解的百科全书。

听听，那冷雨。看看，那冷雨。嗅嗅闻闻，那冷雨，舔舔吧，那冷雨。雨下在他的伞上这城市百万人的伞上雨衣上屋上天线上，雨下在基隆港在防波堤在海峡的船上，清明这季雨。雨是女性，应该最富于感性。雨气空蒙而迷幻，细细嗅嗅，清清爽爽新新，有一点点薄荷的香味，浓的时候，竟发出草和树沐发后特有的淡淡的土腥气，也许那竟是蚯蚓和蜗牛的腥气吧，毕竟是惊蛰了啊。也许地上的地下的生命也许古中国层层叠叠的记忆皆蠢蠢而蠕，也许是植物的潜意识和梦吧，那腥气。

（节选，文字有删改）

◎ 聊聊大作家 ◎

余光中（1928—2017），生于江苏南京。中国当代诗人、散文家、评论家，被誉为文坛的"璀璨五彩笔"，梁实秋评价其"右手写诗，左手写散文，成就之高，一时无两"。代表作品有诗集《白玉苦瓜》，散文集《记忆像铁轨一样长》等。诗作《乡愁》，在海峡两岸有广泛影响。

◎ 谈谈小散文 ◎

《听听那冷雨》是中国台湾著名散文家、诗人余光中的散文代表作品之一。这篇颇具文士气息的散文，描绘出冷雨中孑然独行的游子形象，传达出作者浓重的孤独和思乡之情，也在"听雨"的东方韵味中表现出对传统文化的深情赞美。

全文开篇点出时令"惊蛰一过"，正是春雨来临的时节，但作者以"冷雨"入题，奠定了全文凄清的感情基调。然后，作者以"杏花""春雨""江南"三个关键词展开，结合中国传统文化，将远离故土知识分子的复杂心情和感悟融为一体。接着，作者调动听、视、嗅等多种感觉方式，描绘了"雨"带来的诸多感受，尤其是听觉上的感受，构建出深广幽远的意境。

本文富有文士学者气息，语言典雅而富有诗意，想象奇丽而多变，采用了比喻、对照、联想、烘托等多种表现手法，再现了作者在漫长雨季的细腻感受。

山居杂缀

◎戴望舒

窗外，隔着夜的帡幪，迷茫的山岚大概已把整个峰峦笼罩住了吧。冷冷的风从山上吹下来，带着潮湿，带着太阳的气味，或是带着几点从山涧中飞溅出来的水，来叩我的玻璃窗了。

敬礼啊，山风！我敞开门窗欢迎你，我敞开衣襟欢迎你。

抚过云的边缘，抚过崖边小花，抚过有野兽躺过的岩石，抚过缄默的泥土，抚过歌唱的泉流，你现在来轻轻地抚我了。说啊，山风，你是否从我胸头感到了云的飘忽，花的寂寥，岩石的坚实，泥土的沉郁，泉流的活泼？你会不会说，这是一个奇异的生物！

雨停止了，檐溜还是叮叮地响着，给梦拍着柔和的拍子，好像在江南的一只乌蓬船中一样。"春水碧如天，画船听雨眠"，韦庄的词句又浮到脑中来了。奇迹也许突然发生了吧，也许我已被魔法移到苕溪或是西湖的小船中了吧……

路上的列树已斩伐尽了，疏疏朗朗地残留着可怜的树根。太阳直射到头顶上，雨淋到身上……是的，我们需要阳光，但是我们也需要阴荫啊！早晨鸟雀的咽嗽声没有了，傍晚舒徐的散步没有了。空虚的路，寂寞的路！

离门前不远的地方，本来有棵合欢树，去年秋天，我也还采过那长长的荚果给我的女儿玩。它曾经亭亭地站立在那里；高高地张开它的青翠的华盖一般的叶子，寄托了我们的梦想，又给我们以清阴。而现在，我们却只能在虚空之中，在浮着云片的青空的背景上，徒然地描着它的青翠之姿了。抱着幼小的孩子，我又走到那棵合欢树的树根边来了。锯痕已由淡黄变成黝黑了，然而年轮却还是清清楚楚的，并没有给苔辞或是艺菌侵蚀去。我无聊地数着这一圈圈的年轮，四十二圈！正是我的年龄。它和我度过了同样的岁月，这可怜的合欢树！

树啊，谁更不幸一点，是你呢，还是我？

（节选，文字有删改）

戴望舒（1905—1950），浙江杭州人。中国现代诗人，是现代诗派代表人物，因创作《雨巷》而被称为"雨巷诗人"，其作品讲究音乐性和象征性。代表作品有诗集《望舒草》《灾难的岁月》等。

🌀 谈谈小散文 🌀

《山居杂缀》是戴望舒的散文抒情名篇，反映了他山居生活时与大自然的情感交流，真挚动人，如同山水诗一般雅致蕴藉。

文章写了山风、雨、树三部分内容。开篇作者勾勒了神秘而令人遐想的山居环境。接下来，第一部分写山风，以第二人称"你"的形式表达了作者对山风的欢迎和喜爱；第二部分写雨停的柔和宁静以及倾盆大雨的突如其来，这种迅疾的变换好似人生；第三部分写树，先通过"路上的列树已斩伐尽了"写对树荫的渴望，然后自然转入回忆的核心"合欢树"，合欢树"寄托了我们的梦想，又给我们以清阴"，年轮"四十二圈"又与作者同岁，合欢而不欢、与树同悲，自然触发了作者对人生中的不幸的感伤。

全文语言具有诗意的音乐美，运用排比、比喻等多种修辞手法，更增添了文章的气势，而直抒胸臆的抒情和迷离朦胧的意境，让读者体会到了作者细腻的情感。

第四章 日月星辰

星

◎巴金

在一本比利时短篇小说集里，我无意间见到这样的句子：

"星星，美丽的星星，你们是滚在无边的空间中，我也一样，我了解你……是，我了解……我是一个……一个能感觉的人……一个痛苦的人……星星，美丽的星星……"

我明白这个比利时某车站小雇员的哀诉的心情。好些人都这样地对蓝空的星群讲过话。他们都是人世间的不幸者。星星永远给他们以无上的安慰。

在上海一个小小舞台上，我看见了屠格涅夫笔下的德国音乐家老伦蒙。他或者坐在钢琴前面，将最高贵的感情寄托在音乐中，呈献给一个人；或者立在蓝天底下，摇动他那白发飘飘的头，用赞叹的调子说着："你这美丽的星星，你这纯洁的星星。"望着蓝空里眼瞳似的闪烁着的无数星子，他的眼睛润湿了。

我了解这个老音乐家的眼泪。这应该是灌溉灵魂的春雨罢。

在我的房间外面，有一段没有被屋瓦遮掩的蓝天。我抬起头可以望见嵌在天幕上的几颗明星。我常常出神地凝视着那些美丽的星星。它们像一个人的眼睛，带着深深的关心望着我，从不厌倦。这些眼睛每一眨动，就像赐予我一次祝福。

在我的天空里星星是不会坠落的。想到这，我的眼睛也湿了。

（文字有改动）

◎ 聊聊大作家 ◎

巴金（1904—2005），本名李尧棠，字芾甘，四川成都人。中国现代作家，被誉为"二十世纪中国文学的良心"，与鲁迅、郭沫若、茅盾、老舍、曹禺合称"鲁郭茅巴老曹"。代表作品有小说《家》《春》《秋》《憩园》《寒夜》等。

◎ 谈谈小散文 ◎

《星》是作家巴金的一篇小短文。这篇充满了象征主义色彩的文章，表达了作者在现实黑暗生活中无法排遣的内心苦闷，以及渴望得到安慰的心情。

文章开篇写比利时短篇小说集里的句子"星星，美丽的星星……"，看似时空人物与作者毫无关系，实则人物境遇相似，进而引出了文眼"星星"，暗示星星那普遍的希望象征意义。接着，作者指出许多人都像"比利时某车站小雇员"一样曾"对蓝空的星群讲过话"，然后又描述了自己看见德国音乐家的情景，层层表达星星给人心灵带来的安慰和感动。最后，作者落笔到自身的经历和观星感受，点明文章的主题。"这些眼睛每一眨动，就像赐予我一次祝福"和"在我的天空里星星是不会坠落的"，写出了星星永远能给"人世间的不幸者"带来"无上的安慰"的精神力量。

全文如诗，简洁明了而寓意深刻，采用象征手法，表现了黑暗时代人们对慰藉和光明的渴望，也带给我们许多人生的启迪。

大作家写给孩子的小散文

夜的奇迹

◎庐隐

扫码阅读全文

　　宇宙僵卧在夜的暗影之下，我悄悄地逃到这黑黑的林丛，——群星无言，孤月沉默，只有山隙中的流泉潺潺溅溅的悲鸣，仿佛孤独的夜莺在哀泣。

　　山巅古寺危立在白云间，刺心的钟磬，断续地穿过寒林，我如受弹伤的猛虎，奋力地跃起，由山麓蹿到山巅，我追寻完整的生命，我追寻自由的灵魂，但是夜的暗影，如厚幔般围裹住，一切都显示着不可挽救的悲哀。吁！我何爱惜这被苦难剥蚀将尽的尸骸，我发狂似的奔回林丛，脱去身上血迹斑斓的征衣，我向群星忏悔。我向悲涛哭诉！

　　这时流云停止了前进，群星忘记了闪烁，山泉也住了呜咽，一切一切都沉入死寂！

　　我绕过丛林，不期来到碧海之滨，呵！神秘的宇宙，在这里我发现了夜的奇迹！

　　黑黑的夜幔轻轻地拉开，群星吐着清幽的亮光，孤月也踯躅于云间，白色的海浪吻着翡翠的岛屿，五彩缤纷的花丛中隐约见美丽的仙女在歌舞，她们显示着生命的活跃与神妙！

我惊奇，我迷惘，夜的暗影下，何来如此的奇迹！

我怔立海滨，注视那岛屿上的美景，忽然从海里涌起一股凶浪，将岛屿全个淹没，一切一切又都沉入在死寂！

我依然回到黝黑的林丛，——群星无言，孤月沉默，只有山隙中的流泉潺潺溅溅的悲鸣，仿佛孤独的夜莺在哀泣。

吁！宇宙布满了罗网，任我百般挣扎，努力地追寻，而完整的生命只如昙花一现，最后依然消逝于恶浪，埋葬于尘海之心，自由的灵魂，永远是夜的奇迹！——在色相的人间，只有污秽与残酷，吁！我何爱惜这被苦难剥蚀将尽的尸骸——总有一天，我将焚毁于自己忧怒的灵焰，抛这不值一钱的脓血之躯，因此而释放我可怜的灵魂！

这时我将摘下北斗，抛向阴霾满布的尘海。

我将永远歌颂这夜的奇迹！

◎ 聊聊大作家 ◎

庐隐（1899—1934），原名黄淑仪，又名黄英，笔名"庐隐"，有隐去庐山真面目的意思，福建福州人。中国现代女作家，与冰心、林徽因并称"福州三大才女"。代表作品有小说《海滨故人》《归雁》《象牙戒指》等。

◎ 谈谈小散文 ◎

《夜的奇迹》是民国时期才女庐隐的一篇感人肺腑的自叙式散文。庐隐一生坎坷，作为五四时期觉醒的女性和积极参与者，她多愁善感的性格和对美好生活的向往，形成了其文学作品独特的哀伤风格。这篇散文就是作者的写照，再现了作者复杂的内心世界，表现出其对自由和幸福生活渴望而不得的遗憾之情。

全篇以作者在黑夜的所见和所感为线索，首先写"我悄悄地逃到这黑黑的林丛"，去山巅古寺，追寻生命的真谛和自由的灵魂，然而"一切一切都沉入死寂"，失望而归。然后写自己来到海滨，见到"夜的奇迹"，显示着"生命的活跃与神妙"，然而奇迹也突然死寂。最后，惆怅失落的作者又回到林丛，深陷对现实生活的失望，但依然向往着自由的灵魂和永远的奇迹……

本文充满了那个时代初觉醒女性对黑暗现实社会的失望和控诉，充满了感伤的色调，但仍抒发了对美好生活、自由和希望的追求。

月 是 故 乡 明

◎季羡林

每个人都有个故乡，人人的故乡都有个月亮。人人都爱自己故乡的月亮。事情大概就是这个样子。

但是，如果只有孤零零一个月亮，未免显得有点孤单。因此，在中国古代诗文中，月亮总有什么东西当陪衬，最多的是山和水，什么"山高月小""三潭印月"，等等，不可胜数。

我的故乡是在山东西北部大平原上。我小的时候，从来没有见过山，也不知山为何物，我曾幻想，山大概是一个圆而粗的柱子吧，顶天立地，好不威风。以后到了济南，才见到山，恍然大悟：山原来是这个样子呀。因此，我在故乡里望月，从来不同山联系。像苏东坡说的"月出于东山之上，徘徊于斗牛之间"，完全是我无法想象的。

至于水，我的故乡小村却大大地有。几个大苇坑占了小村面积一多半。在我这个小孩子眼中，虽不能像洞庭湖"八月湖水平"那样有气派，但也颇有一点儿烟波浩渺之势。到了夏天，黄昏以后，我在坑边的场院里躺在地上，数天上的星星。有时候在古柳下面点起篝火，然后上树一摇，成群的知了飞落下来。比白天用嚼烂的麦粒去粘要容易得多。我天天晚上乐此不疲，天天盼望黄昏早早来临。

到了更晚的时候，我走到坑边，抬头看到晴空一轮明月，清光四溢，与水里的那个月亮相映成趣。我当时虽然还不懂什么叫诗兴，但也顾而乐之，心中油然有什么东西在萌动。有时候在坑边玩很久，才回家睡觉。在梦中见到两个月亮叠在一起，清光更加晶莹澄澈。第二天一早起来，到坑边苇子丛里去捡鸭子下的蛋，白白地一闪光，手伸向水中，一摸就是一个蛋。此时更是乐不可支了。

我只在故乡待了六年，以后就背井离乡，漂泊天涯。在济南住了十多年，在北京度过四年，又回到济南呆了一年。然后在欧洲住了近十一年，重又回到北京，到现在已经四十多年了。在这期间，我曾到过世界上将近三十个国家。我看过许许多多的月亮。在风光旖旎的瑞士莱芒湖上，在平沙无垠的非洲大沙漠中，在碧波万顷的大海中，在巍峨雄奇的高山上，我都看到过月亮，这些月亮应该说都是美妙绝伦的，我都异常喜欢。但是，看到它们，我立刻就想到我故乡中那个苇坑上面和水中的那个小月亮。对比之下，无论如何我也感到，这些广阔世界的大月亮，万万比不上我那心爱的小月亮。不管我离开我的故乡多少万里，我的心立刻就飞来了。我的小月亮，我永远忘不掉你！

我现在已经年近耄耋。住的朗润园是燕园胜地。夸大一点儿说，此地有茂林修竹，绿水环流，还有几座土山，点缀其间。风光无疑是绝妙的。前几年，我从庐山休养回来，一个同在庐山休养的老朋友来看我。他看到这样的风光，慨然说："你住在这样的好地方，还到庐山去干吗呢！"可见朗润园给人印象之深。此地既然有山，有水，有树，有竹，有花，有鸟，每逢望夜，一轮当空，月光闪耀于碧波之上，上下空濛，一碧数顷，而且荷香远溢，宿鸟幽鸣，真不能不说是赏月胜地。荷塘月色的奇景，就在我的窗外。不管是谁来到这里，难道还能不顾而乐之吗？

然而，每值这样的良辰美景，我想到的却仍然是故乡苇坑里的那个平凡的小月亮。见月思乡，已经成为我经常的经历。思乡之病，说不上是苦是乐，其中有追忆，有惆怅，有留恋，有惋惜。流光如逝，时不再来。在微苦中实有甜美在。

月是故乡明。我什么时候能够再看到我故乡里的月亮呀！我怅望南天，心飞向故里。

◎ 聊聊大作家 ◎

季羡林（1911—2009），字希逋，又字齐奘，山东清平康庄(今属临清)人。中国语言学家、翻译家、学者。代表作品有专著《中印文化关系史论丛》《东方文学史》，译著《沙恭达罗》《罗摩衍那》，回忆录《牛棚杂忆》等。

◎ 谈谈小散文 ◎

《月是故乡明》是季羡林的散文佳作。全篇围绕月亮这个意象，写出了作者对家乡的怀念与爱恋。

文章开篇点题，指出"每个人都有个故乡，人人的故乡都有个月亮。人人都爱自己故乡的月亮"。接着，回忆了故乡的山、水，以及小时候在村边的苇坑边看月亮的场景，"抬头看到晴空一轮明月，清光四溢，与水里的那个月亮相映成趣"。然后，作者说自己走过"将近三十个国家"，看过"湖上""沙漠中""大海中""高山上"的月亮，但每当看到月亮，始终想起的还是"故乡中那个苇坑上面和水中的那个小月亮"。通过对比，表达了作者对故乡深沉的爱恋，以及那种对家乡的"儿不嫌母丑"的深情。结尾直抒胸臆，"我什么时候能够再看到我故乡里的月亮呀"，感情真挚而浓烈。

文章平易质朴，不事雕琢，突出了"月是故乡明"的主题，表达了作者对故乡的深深的情思。

大作家写给孩子的小散文

月夜

◎韩少功

　　月亮是别在乡村的一枚徽章。

　　城里人能够看到什么月亮？即使偶尔看到远远天空上一丸灰白，但暗淡于无数路灯之中，磨损于各种噪声之中，稍纵即逝在丛林般的水泥高楼之间，不过像死鱼眼睛一只，丢弃在五光十色的垃圾里。

　　由此可知，城里人不得不使用公历，即记录太阳之历；乡下人不得不使用阴历，即记录月亮之历。哪怕是最新潮的农村青年，骑上了摩托用上了手机，脱口而出还是冬月初一腊月十五之类的记时之法，同他们抓泥捧土的父辈差不多。原因不在于别的什么——他们即使全部生活都现代化了，只要他们还身在乡村，月光就还是他们生活的重要一部分。禾苗上飘摇的月光，溪流上跳动的月光，树林剪影里随着你前行而同步轻移的月光，

还有月光牵动着的虫鸣和蛙鸣，无时不在他们心头烙下时间感觉。

相比之下，城里人是没有月光的人，因此几乎没有真正的夜晚，已经把夜晚做成了黑暗的白天，只有无眠白天与有眠白天的交替，工作白天和睡觉白天的交替。我就是在三十多年的漫长白天之后来到了一个真正的夜晚，看月亮从树荫里筛下的满地光斑，明灭闪烁，聚散相续；听月光在树林里叮叮当当地飘落，在草坡上和湖面上哗啦哗啦地拥挤。我熬过了漫长而严重的缺月症，因此把家里的凉台设计得特别大，像一只巨大的托盘，把一片片月光贪婪地收揽和积蓄，然后供我有一下没一下地扑打着蒲扇，躺在竹床上随着光浪浮游。就像我有一本书里说过的，我伸出双手，看见每一道静脉里月光的流动。

　　盛夏之夜，只要太阳一落山，山里的暑气就消退，辽阔水面上和茂密山林里送来的一阵阵荫凉，有时能逼得人们添衣加袜，甚至要把毯子裹在身上取暖。童年里的北斗星在这时候出现了，妈妈或奶奶讲述的牛郎织女也在这时候出现了，银河系星繁如云星密如雾，无限深广的宇宙和无穷天体的奥秘哗啦啦垮塌下来，把我黑咕隆咚地一口完全吞下。我是躺在凉台上吗？也许我是一个无依无靠的太空人在失重地翻腾？也许我是一个无知无识的婴儿在荒漠里孤单地迷路？也许我是站在永恒之界和绝对之境的入口，正在接受上帝的召见和盘问？……

　　我突然明白了，所谓城市，无非是逃避上帝的地方，是没有上帝召见和盘问的地方。

　　山谷里一声长啸，大概是一只鸟被月光惊飞了。

　　（文字有改动）

◎ 聊聊大作家 ◎

韩少功（1953—），祖籍湖南澧县，生于湖南长沙。中国当代作家，"寻根文学"的代表性人物。代表作品有小说集《飞过蓝天》，小说《爸爸爸》《马桥词典》《赶马的老三》《怒目金刚》《日夜书》等。

◎ 谈谈小散文 ◎

《月夜》是著名作家、鲁迅文学奖获得者韩少功的一篇散文。全文充满了作者一贯的"乡村寻根"特点，通过对乡村月夜的直言褒奖和对城市月夜的幽默反讽，抒发了作者对真正月夜和乡村生活的热爱之情，也借"月"表达了对人类精神世界的深刻关注和思考。

文章开篇即说"月亮是别在乡村的一枚徽章"，鲜明地表达了自己对乡村的赞颂，也奠定了全文的观点。然后，作者用几段文字，通过鲜明的对比，描写对城市和乡村月夜的不同感受，进一步传达出对乡村生活的热爱，并幽默反讽现代文明中城市失去了生命的本真，成为"逃避上帝的地方，是没有上帝召见和盘问的地方"。作者逃离城市、返归乡村的态度，充满了对生活的审视。

这篇散文层次分明，语言文字生动优美、凝练深刻，强烈的对比使文章呈现强大的情感感染力，再现了作者在现代都市文明的进程中对人精神世界的某种哲思。

大作家写给孩子的小散文

泰山日出

◎徐志摩

扫码阅读全文

　　我们在泰山顶上看出太阳。在航过海的人，看太阳从地平线下爬上来，本不是奇事；而且我个人是曾饱饫过红海与印度洋无比的日彩的。但在高山顶上看日出，尤其在泰山顶上，我们无餍的好奇心，当然盼望一种特异的境界，与平原或海上不同的。果然，我们初起时，天还暗沉沉的，西方是一片的铁青，东方些微有些白意，宇宙只是——如用旧词形容——一体莽莽苍苍的。但这是我一面感觉劲烈的晓寒，一面睡眼不曾十分醒豁时约略的印象。等到留心回览时，我不由得大声地狂叫——因为眼前只是一个见所未见的境界。原来昨夜整夜暴风的工程，却砌成一座普遍的云海。除了日观峰与我们所在的玉皇顶以外，东西南北只是平铺着弥漫的云气。在朝旭未露前，宛似无量数厚毳长绒的绵羊，交颈接背地眠着，卷耳与弯角都依稀辨认得出。那时候在这茫茫的云海中，我独自站在雾霭溟蒙的小岛上，发生了奇异的幻想——

我躯体无限地长大，脚下的山峦比例我的身量，只是一块拳石；这巨人披着散发，长发在风里像一面墨色的大旗，飒飒地在飘荡。这巨人竖立在大地的顶尖上，仰面向着东方，平拓着一双长臂，在盼望，在迎接，在催促，在默默地叫唤；在崇拜，在祈祷，在流泪——在流久慕未见而将见悲喜交互的热泪……

这泪不是空流的，这默祷不是不生显应的。

巨人的手，指向着东方——

东方有的，在展露的，是什么？

东方有的是瑰丽荣华的色彩，东方有的是伟大普照的光明——出现了，到了，在这里了……

玫瑰汁、葡萄浆、紫荆液、玛瑙精、霜枫叶——大量的染工，在层累的云底工作，无数蜿蜒的鱼龙，爬进了苍白色的云堆。

一方的异彩，揭去了满天的睡意，唤醒了四隅的明霞——光明的神驹，在热奋地驰骋……

云海也活了；眠熟了兽形的涛澜，又回复了伟大的呼啸，昂头摇尾地向着我们朝露染青馒形的小岛冲洗，激起了四岸的水沫浪花，震荡着这生命的浮礁，似在报告光明与欢欣之临莅……

再看东方——海句力士已经扫荡了他的阻碍，雀屏似的金霞，从无垠的肩上产生，展开在大地的边沿。起……起……用力，用力。纯焰的圆颅，一探再探地跃出了地平，翻登了云背，临照在天空……

歌唱呀，赞美呀，这是东方之复活，这是光明的胜利……

散发祷祝的巨人，他的身彩横亘在无边的云海上，已经渐渐地消翳在普遍的欢欣里；现在他雄浑的颂美的歌声，也已在霞彩变幻中，普彻了四方八隅……

听呀，这普彻的欢声；看呀，这普照的光明！

（文字有改动）

◎ 聊聊大作家 ◎

徐志摩(1897—1931),原名章垿(xù),字槱(yǒu)森,浙江海宁人。中国现代诗人、散文家,"新月派"的代表人物。代表作品有《再别康桥》,诗集《翡冷翠的一夜》等。

◎ 谈谈小散文 ◎

《泰山日出》是"新月派"代表诗人徐志摩的一篇"应命之作"。1924年印度作家、亚洲首位诺贝尔文学奖获得者泰戈尔访华前夕,国内已经形成一股"泰戈尔热",徐志摩应邀为《小说月报》"泰戈尔专号"写了这篇文章。作者通过对"泰山日出"的神奇描绘,以"迎日"表达了他对泰戈尔的敬仰之情和东方文明的热爱之情。

全篇可以看成一个卓越的比喻,用"泰山日出"来隐喻泰戈尔的巨大的文学成就,隐喻他的来华访问和中国读者对他的期待与欢迎。作者通过自己的想象力,幻想出一幅接一幅的泰山日出场景,并融入了大量赞美的情绪。长风散发的祷祝巨人和这巨人消翳在普遍的欢欣里,首尾呼应,传达了作者对泰戈尔的热烈的迎候。

这篇散文充满了诗化的语言、神奇的想象,立意新奇、辞藻华丽、色调绚烂、感情热烈,充分显示出一代才子诗人无与伦比的才情和创造力。

第五章　花草树木

梨花

◎许地山

她们还在园里玩，也不理会细雨丝丝穿入她们的罗衣。池边梨花的颜色被雨洗得更白净了，但朵朵都懒懒地垂着。

姐姐说："你看，花儿都倦得要睡了！"

"待我来摇醒它们。"

姐姐不及发言，妹妹的手早已抓住树枝摇了几下。花瓣和水珠纷纷地落下来，铺得银片满地，煞是好玩。

妹妹说："好玩啊，花瓣一离开树枝，就活动起来了！"

"活动什么？你看，花儿的泪都滴在我身上哪。"姐姐说这话时，带着几分怒气，推了妹妹一下。她接着说："我不和你玩了，你自己在这里罢。"

妹妹见姐姐走了，直站在树下出神。停了半晌，老妈子走来，牵着她，一面走着，说："你看，你的衣服

都湿透了；在阴雨天，每日要换几次衣服，教人到哪里
找太阳给你晒去呢？"

落下来的花瓣，有些被她们的鞋印入泥中；有些粘
在妹妹身上，被她带走；有些浮在池面，被鱼儿衔入水
里。那多情的燕子不歇把鞋印上的残瓣和软泥一同衔在
口中，到梁间去，构成它们的香巢。

（文字有改动）

许地山（1893—1941），名赞堃（kūn），字地山，笔名落华生，也叫落花生，原籍台湾台南，寄籍福建龙溪（今漳州）。中国现代作家、宗教学家，五四时期新文学运动先驱者之一。代表作品有小说《春桃》《商人妇》，散文集《空山灵雨》等。

谈谈小散文

《梨花》是现代作家许地山的一篇小散文。全文充满了生活的情趣和儿童的童趣，通过生活的小片段，含蓄地表达了作者对生活的独特感受。

这篇小散文从极平常的梨花入手，在孩子们纯真自然的眼光里，这些普通的梨花却充满了情趣。尤其是雨中的梨花"懒懒地垂着"，被姐姐看作睡着了，妹妹摇落了一地梨花，说是"摇醒"它们，孩子的天真烂漫跃然纸上。而纷纷落下的梨花带着雨珠，被姐姐当作梨花的"泪"，这种有趣的想象正应了成语"梨花带雨"！通过孩子的视觉，作者写了梨花的色："被雨洗得更白净了""银片满地"；写了梨花的神："倦得要睡了""懒懒地垂着"；写了梨花的味："香巢"。而老妈子的"骂语"，与小妹的童稚纯情照应，也突出了春的特色。结尾一段"落花"的不同命运，也含蓄表达了作者对人生不同归宿和结局的体味。

大作家写给孩子的小散文

扫码阅读全文

树与柴火

◎废名

　　我家有两个小孩子，他们都喜欢"拣柴"。每当大风天，他们两个，一个姊姊，一个弟弟，真是像火一般的喜悦，要母亲拿篮子给他们到外面树林里去拾枯枝。一会儿都是满篮的柴回来了，这时乃是成绩报告的喜悦，指着自己的篮子问母亲道："母亲，我拣的多不多？"

　　如果问我："小孩子顶喜欢做什么事情？"据我观察之所得，我便答道："小孩子顶喜欢拣柴。"我这样说时，我是十分的满足，因为我真道出我家小孩子的欢喜，没有附会和曲解的地方。天下的答案谁能像我的正确呢！

　　我做小孩子时也喜欢拣柴。我记得我那时喜欢看女子们在树林里扫落叶拿回去做柴烧。我觉得春天没有冬日的树林那么的繁华，

我仿佛一枚一枚的叶子都是一个一个的生命了。冬日的落叶，乃是生之跳舞。在春天里，我固然喜欢看树叶子，但在冬天里我才真是树叶子的情人似的。我又喜欢看乡下人在日落之时挑了一担"松毛"回家。松毛者，松叶之落地而枯黄者也，弄柴人早出晚归，大力者举一担松毛而肩之，庞大如两只巨兽，旁观者我之喜悦，真应该说此时落日不是落日而是朝阳了。为什么这样喜悦？现在我有时在路上遇见挑松毛的人，很觉得奇异，这有什么可喜悦的？人生之不相了解一至如此。

然而我看见我的女孩子喜欢跟着乡下的女伴一路去采松毛，我便总怀着一个招待客人的心情，伺候她出门，望着她归家了。

现在我想，人类有记忆，记忆之美，应莫如柴火。春华秋实都到哪里去了？所以我们看着火，应该是看春花，看夏叶，昨夜星辰，今朝露水，都是火之生平了。终于又是虚空，因为火烧了则无有也。庄周则曰："火传也，不知其尽也。"

（文字有改动）

大作家写给孩子的小散文

◎ 聊聊大作家 ◎

废名（1901—1967），原名冯文炳，字蕴仲，湖北黄梅人。中国现代作家，"京派文学"的鼻祖。代表作品有短篇小说集《竹林的故事》《桃园》，长篇小说《桥》《莫须有先生传》等。

◎ 谈谈小散文 ◎

《树与柴火》是中国现代作家、"京派文学"的代表人物废名的作品。这篇散文借生活中捡柴的小事，夹叙夹议，阐述了薪尽火传的深刻人生道理，表达了作者对美好生活的赞美。

文章开篇先从自己的两个孩子都喜欢"拣柴"写起，孩子对捡柴的热情真诚而热烈、纯净而自然，正是生命本真的展现。然后作者又回忆自己小时候喜欢捡柴的经历，叶子的四季轮回，辉映着记忆中的春夏秋冬，又通过自己小时候的感悟，表达了对美好生命的赞美。上述对"拣柴"的叙述为作者的感悟和议论做了铺垫，最后作者集中议论，点明了文章的主旨，"薪尽火传"的感悟使文章的思想境界得到了升华。

本文采用叙议结合的方式，用语幽默而显哲理，尤其结尾处充满了对生活和人生的哲思妙议，自有别样情趣。

牵牛花

◎叶圣陶

手种牵牛花，接连有三四年了。水门汀地没法下种，种在十来个瓦盆里。泥是今年又明年反复用着的，无从取得新的泥来加入，曾与铁路轨道旁种地的那个北方人商量，愿出钱向他买一点儿，他不肯。

从城隍庙的花店里买了一包过磷酸骨粉，搀和在每一盆泥里，这算代替了新泥。

瓦盆排列在墙脚，从墙头垂下十条麻线，每两条距离七八寸，让牵牛的藤蔓缠绕上去。这是今年的新计划，

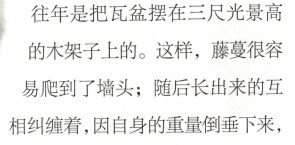

往年是把瓦盆摆在三尺光景高的木架子上的。这样，藤蔓很容易爬到了墙头；随后长出来的互相纠缠着，因自身的重量倒垂下来，但末梢的嫩条便又蛇头一般仰起，向上伸，与别组的嫩条纠缠，待不胜重量时重演那老把戏；因此墙头往往堆积着繁密的叶和花，与墙腰的部分不相称。今年从墙脚爬起，沿墙多了三尺光景的路程，或者会好一点儿；而且，这就将有一垛完全是叶和花的墙。

藤蔓从两瓣子叶中间引伸出来以后，不到一个月工夫，爬得最快的几株将要齐墙头了。每一个叶柄处生一个花蕾，像谷粒那么大，便转黄萎去。据几年来的经验，知道起头的一批花蕾是开不出来的；到后来发育更见旺盛，新的叶蔓比近根部的肥大，那时的花蕾才开得成。

今年的叶格外绿，绿得鲜明；又格外厚，仿佛丝绒剪成的。这自然是过磷酸骨粉的功效。他日花开，可以推知将比往年的盛大。

但兴趣并不专在看花，种了这小东西，庭中就成为系人心情的所在，早上才起，工毕回来，不觉总要在那里小立一会儿。那藤蔓缠着麻线卷上去，嫩绿的头看似静止的，并不动弹；实际却无时不回旋向上，在先朝这边，停一歇再看，它便朝那边了。前一晚只是绿豆般大一粒嫩头，早起看时，便已透出二三寸长的新条，缀一两张长满细白绒毛的小叶子，叶柄处是仅能辨认形状的小花蕾，而末梢又有了绿豆般大一粒嫩头。有时认着墙上斑剥痕想，明天未必便爬到那里吧；但出乎意外，明晨竟爬到了斑剥痕之上；好努力的一夜工夫！"生之力"不可得见；在这样小立静观的当儿，却默契了"生之力"了。渐渐地，浑忘意想，复何言说，只呆对着这一墙绿叶。

即使没有花，兴趣未尝短少；何况他日花开，将比往年盛大呢。

（文字有改动）

◉ 聊聊大作家 ◉

叶圣陶（1894—1988），原名叶绍钧，字秉臣、圣陶，江苏苏州人。中国现代作家、教育家、出版家、社会活动家，有"优秀的语言艺术家"之称。代表作品有童话集《稻草人》，个人第一篇白话小说《春宴琐谭》，长篇小说《倪焕之》等。

◉ 谈谈小散文 ◉

《牵牛花》是著名作家、教育家叶圣陶写的一篇散文。文章记叙了作者在庭院种牵牛花的情景，写出了牵牛花"嫩头"的生命力，也借此象征奋发向上的生命力量。

作者以跟踪观察的角度，将视线落到了牵牛花不太为人注意的"嫩绿的头"上，写出了"嫩头"随时间推移而发生的变化。"这是今年的新计划"串联起了种牵牛花的由来，铺叙了故事的背景。作者讲述时，先描写藤蔓"互相纠缠着"的生长，落脚在"将有一垛完全是叶和花的墙"，进而转入对牵牛花的叙写。但作者笔锋一转并没有写花的美，而是写嫩头："无时不回旋向上"说明它在方向上的变化，"前一晚"和第二天"早起"的不同形态和空间位置的变化，生动地反映了嫩头的生长变化和旺盛的生命力。

这篇典型的咏物散文立意新颖，说明层次分明，观察细致入微，在以小见大中传达出了深刻的思想。

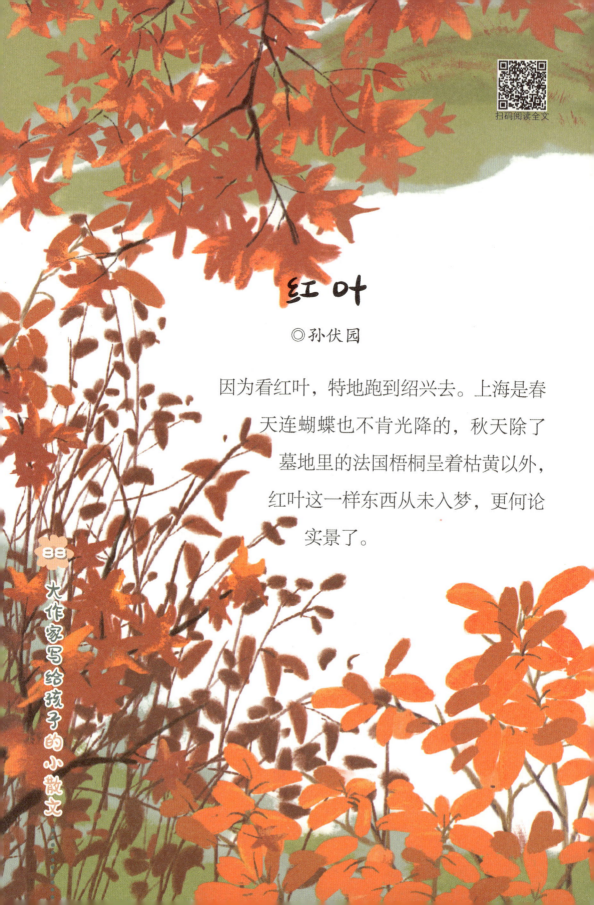

红叶

◎孙伏园

因为看红叶，特地跑到绍兴去。上海是春天连蝴蝶也不肯光降的，秋天除了墓地里的法国梧桐呈着枯黄以外，红叶这一样东西从未入梦，更何论实景了。

大作家写给孩子的小散文

　　绍兴是水乡，但与别处的水乡又不同。因为原来是鉴湖，以后长出水田来，所以几百里广袤以内，还留着大湖的痕迹。在这大湖中，船舶是可以行驶无阻的，几乎没有一定的河道，只要不弄错方向，舟行真是左右逢源。

　　在这样交叉的河道的两旁，我们鉴赏着绍兴的红叶。红叶是各地不同的，我与春苔、以刚两位谈论着：绍兴的是柏叶，红叶丛中夹着白色的柏实，有的叶只红半片，余下的半片还是黄绿，加上柏实的白色，是红绿白三色相映了；杭州的是枫叶，是全树通红的，并没有果实等等来冲淡它，除了最高处的经不起严寒变成了灰红色以外；北京人最讲究看红叶，这时我想起老友林宰平先生来了，我们的看红叶完全是他提起兴趣来的，也赖他的指示，知道北京人所谓看红叶完全是看的柿叶。柿叶虽然没有像绍兴柏树那般绿白的衬色，也没有像杭州枫叶那般满树的鲜红，但柿树也有它的特色，就是有与柿叶差不多颜色的柿子陪伴着，使鉴赏者的心中除了感到秋冬的肃杀以外，还感到下一代的柿树将更繁荣的希望。

（节选，文字有删改）

◎ 聊聊大作家 ◎

孙伏园（1894—1966），原名孙福源，字养泉，笔名伏庐、柏生、桐柏、松年等，浙江绍兴人。中国现代散文家、出版家，在新闻学上有民国"副刊大王"之称。代表作品有散文集《伏园游记》，小说《鲁迅先生二三事》等。

◎ 谈谈小散文 ◎

《红叶》是孙伏园的散文名篇。这篇散文不同于一般的写景游记，而是借由到绍兴欣赏红叶的经历展开联想，通过对比，抒情达意。

开篇作者即通过"贬"上海连"蝴蝶也不肯光降"、红叶"更何论实景"来交代"因为看红叶，特地跑到绍兴去"的原因。一方面是上海的繁华，另一方面是上海自然景色的缺失，两相对比为下文的叙述和议论做了铺垫。接下来，文章写和朋友们在绍兴赏红叶的经历，但作者并没有沉迷于景色，而是联想到杭州和北京的"红叶"："杭州的是枫叶，是全树通红的，并没有果实等等来冲淡它"，而"北京人所谓看红叶完全是看的柿叶"。虽然都是红叶，却是各不相同，给人带来的感受也不尽相同。

本文从寻常小事入手，在朴实无华的语言中展开联想，融叙述、描写、议论为一体，不注重游览意境描写，而是注重见解和感触的表达，深化了文章内涵，升华了文章的主旨。

大作家写给孩子的小散文

扫码阅读全文

茶花赋

◎ 杨朔

久在异国他乡，有时难免要怀念祖国的。怀念极了，我也曾想：要能画一幅画儿，画出祖国的面貌特色，时刻挂在眼前，有多好。我把这心思去跟一位擅长丹青的同志商量，求她画。她说："这可是个难题，画什么呢？画点零山碎水，一人一物，都不行。再说，颜色也难调。你就是调尽五颜六色，又怎么画得出祖国的面貌？"我想了想，也是，就搁下这桩心思。

今年二月，我从海外回来，一脚踏进昆明，心都醉了。我是北方人，论季节，北方也许正是搅天风雪，水瘦山寒，云南的春天却脚步儿勤，来得快，到处早像摧生婆似的正在摧动花事。

花事最盛的去处数着西山华庭寺。不到寺门，远远就闻见一股细细的清香，直渗进人的心肺。这是梅花，有红梅、白梅、绿梅，还有朱砂梅，一树一树的，每一树梅花都是一首诗。白玉兰花略微有点儿残，娇黄的迎春却正当时，那一片春色啊，比起滇池的水来不知还要深多少倍。

究其实这还不是最深的春色。且请看那一树，齐着华庭寺的廊檐一般高，油光碧绿的树叶中间托出千百朵重瓣的大花，那样红艳，每朵花都像一团烧得正旺的火焰。这就是有名的茶花。不见茶花，你是不容易懂得"春深似海"这句诗的妙处的。

想看茶花，正是好时候。我游过华庭寺，又冒着星星点点细雨游了一次黑龙潭，这都是看茶花的名胜地方。原以为茶花一定很少见，不想在游历当中，时时望见竹篱茅屋旁边会闪出一枝猩红的花来。听朋友说："这不算稀奇。要是在大理，差不多家家户户都养茶花。花期一到，各样品种的花儿争奇斗艳，那才美呢。"

我不觉对着茶花沉吟起来。茶花是美啊。凡是生活中美的事物都是劳动创造的。是谁白天黑夜，积年累月，拿自己的汗水浇着花，像抚育自己儿女一样抚育着花秧，终于培养出这样绝色的好花？应该感谢那为我们美化生活的人。

（节选，文字有删改）

大作家写给孩子的小散文

🌀 聊聊大作家 🌀

杨朔（1913—1968），原名杨毓瑨，字莹叔，山东蓬莱人。中国当代作家，与刘白羽、秦牧并称"中国当代散文三大家"。代表作品有散文集《海市》《荔枝蜜》《东风第一枝》，长篇小说《三千里江山》等。

🌀 谈谈小散文 🌀

《茶花赋》是杨朔于1961年创作发表的一篇散文。作者表面写云南花事见闻，实则通过赞美茶花来赞美"三年困难时期"中国人民辛勤劳动、发愤图强的精神，歌颂了祖国无限美好的未来。

这篇"赋"以"歌颂祖国"为思想主线，串联起全文内容。文章开篇写作者长期客居异国，抒写了对祖国的思念之情，有力烘托了主题。接下来，"茶花"部分写令人心醉的昆明茶花，花的红艳、茂盛组成了"春深似海"的欣欣向荣的画面，也是祖国未来的象征。"听朋友说"后转入对"养花人"的描写，他们"像抚育自己儿女一样抚育着花秧"，是"为我们美化生活的人"，实则是歌颂为社会主义祖国辛勤工作、竭力奋斗的劳动者。

这篇散文名作托物言志，借景抒情，抒写茶花美是客，歌颂祖国美是主，诗画并茂的语言描绘了丰富的生活内容，对"春深似海"的茶花美的歌颂显示了深刻的思想内容。

第六章　舐犊情深

最得意的作品

◎周国平

你的摇篮放在爸爸的书房里，你成了这间大屋子的主人。从此爸爸不读书，只读你。

你是爸爸妈妈合写的一本奇妙的书。在你问世前，无论爸爸妈妈怎么想象，也想象不出你的模样。现在你展现在我们面前，那么完美，仿佛不能改动一字。

我整天坐在摇篮旁，怔怔地看你，百看不厌。你总是那样恬静，出奇地恬静，小脸蛋闪着洁净的光辉。最美的是你那双乌黑澄澈的眼睛，一会儿弯成妩媚的月牙，掠过若有若无的笑意，一会儿睁大着久久凝望空间中某处，目光执着而又超然。我相信你一定在倾听什么，但永远无法知道你听到了什么，真使我感到神秘。

看你这么可爱，我常常禁不住要抱起你来，和你说话。那时候，你会盯着我看，眼中闪现两朵仿佛会意的小火花，嘴角微微一动似乎在应答。

你是爸爸最得意的作品，我读你读得入迷。

◎ 聊聊大作家 ◎

周国平（1945—），上海人。中国当代作家、学者。代表作品有专著《尼采：在世纪的转折点上》，译著《偶像的黄昏》，散文集《守望的距离》《安静》，纪实作品《妞妞：一个父亲的札记》《偶尔远行》等。

◎ 谈谈小散文 ◎

《最得意的作品》节选自《妞妞：一个父亲的札记》，是周国平的代表作。一岁半的女儿因病夭折后，作者哀悼幼女，追忆往事，写下此文。

开篇写法新颖，从摇篮入笔，侧面表现女儿的诞生占据了作者的生活。"你成了这间大屋子的主人"，"从此爸爸不读书，只读你"，这里用夸张的手法表露了作者为人父的满心欢喜，表现了对女儿的无限宠溺。

接着，作者把女儿比作"一本奇妙的书"，字字句句凝聚着对女儿道不尽的深情。那"闪着洁净的光辉的小脸蛋""乌黑澄澈的眼睛"，无不使人着迷，一个纯净、可爱的女婴形象跃然纸上。而"眼中闪现两朵仿佛会意的小火花"，运用奇妙的比喻展现了父女嬉笑的生活场景。结尾作者深情表白"你是爸爸最得意的作品，我读你读得入迷"，道出了对女儿深深的不舍。

全文最大的特点是运用第二人称叙述，女儿恍若在眼前，蕴含着作者对女儿满满的爱，也深藏着失女后深深的痛。

扫码阅读全文

荷叶·母亲

◎冰心

父亲的朋友送给我们两缸莲花，一缸是红的，一缸是白的，都摆在院子里。

八年之久，我没有在院子里看莲花了——但故乡的园院里，却有许多；不但有并蒂的，还有三蒂的，四蒂的，都是红莲。

九年前的一个月夜，祖父和我在院里乘凉。祖父笑着和我说："我们院里最初开三蒂莲的时候，正好我们大家庭里添了你们三个姊妹。大家都欢喜，说是应了花瑞。"

半夜里听见繁杂的雨声，早起是浓阴的天，我觉得有些烦闷。从窗内往外看时，那一朵白莲已经谢了，白瓣儿小船般散漂在水面。梗上只留个小小的莲蓬，和几根淡黄色的花须。那一朵红莲，昨天还是菡萏的，今晨却开满了，亭亭地在绿叶中间立着。

仍是不适意——徘徊了一会子，窗外雷声作了，大雨接着就来，愈下愈大。那朵红莲，被那繁密的雨点，打得左右欹斜。在无遮蔽的天空之下，我不敢下阶去，也无法可想。

对屋里母亲唤着，我连忙走过去，坐在母亲旁边——一回头，忽然看见红莲旁边的一个大荷叶，慢慢地倾侧了来，正覆盖在红莲上面……我不宁的心绪散尽了！

雨势并不减退，红莲却不摇动了。雨点不住地打着，只能在那勇敢慈怜的荷叶上面，聚了些流转无力的水珠。

我心中深深地受了感动——

母亲啊！你是荷叶，我是红莲。心中的雨点来了，除了你，谁是我在无遮拦天空下的荫蔽？

大作家写给孩子的小散文

◎ 聊聊大作家 ◎

冰心（1900—1999），原名谢婉莹，笔名"冰心"，取自"一片冰心在玉壶"，福建长乐(今福州市长乐区)人。中国现代诗人、散文家。代表作品有散文集《寄小读者》《樱花赞》，诗集《繁星》《春水》等。

◎ 谈谈小散文 ◎

《荷叶·母亲》写于1922年，是冰心的早期代表作。作者由雨中荷叶为红莲遮蔽风雨，联想到母亲呵护儿女成长，借荷叶赞颂母爱，堪称讴歌母爱的佳作。

开篇叙述看似平淡，实则将花与人紧密联系在了一起，为下文以花喻人埋下伏笔。接着插叙与莲花有关的往事，补充交代"我"家与莲花的情谊深厚，为下文写"我"惦记莲花及荷叶护莲做铺垫。半夜风雨来袭，白莲因缺乏保护被雨点打谢，红莲却在荷叶的护佑下完好无缺。红莲与白莲的对比，生动表现了荷叶的勇敢无私，更突出了母亲对儿女的呵护与关爱。"流转无力的水珠"反衬了荷叶英勇呵护的壮举，"倾侧""覆盖"展现了荷叶崇高感人的美。

"心中的雨点来了，除了你，谁是我在无遮拦天空下的荫蔽？"结尾卒章显志，用"心中的雨点"象征人生的风雨，道出了母亲永远无惧风雨荫蔽子女的人间大爱，表达了作者对母亲深切的感激与爱恋。

祖父的园子

◎萧红

我家有一个大花园，这花园里蜜蜂、蝴蝶、蜻蜓、蚂蚱，样样都有。蝴蝶有白蝴蝶、黄蝴蝶。这种蝴蝶小，不太好看。好看的是大红蝴蝶，满身带着金粉。蜻蜓是金的，蚂蚱是绿的。蜜蜂则嗡嗡地飞着，满身绒毛，落到一朵花上，胖乎乎，圆滚滚，就像一个小毛球似的不动了。

花园里边明晃晃的，红的红，绿的绿，新鲜漂亮。

据说这花园，从前是一个果园。祖母喜欢养羊，羊把果树给啃了，果树渐渐地都死了。到我有记忆的时候，园子里就只有一棵樱桃树、一棵李子树，因为樱桃和李子都不大结果子，所以觉得它们并不存在。小的时候，只觉得园子里边就有一棵大榆树。这榆树在园子的西北角上，来了风，榆树先呼叫，来了雨，榆树先冒烟。太阳一出来，榆树的叶子就发光了，它们闪烁得和沙滩上的蚌壳一样。

祖父整天都在园子里，我也跟着他在里面转。祖父戴一顶大草帽，我戴一顶小草帽；祖父栽花，我就栽花；祖父拔草，我就拔草。祖父种小白菜的时候，我就跟在后边，用脚把那下了种的土窝一个一个地溜平。哪里会溜得准，不过是东一脚地西一脚地瞎闹。有时不但没有把菜种盖上，反而把它踢飞了。

祖父铲地，我也铲地。因为我太小，拿不动那锄头，祖父就把锄头杆拔下来，让我单拿着那个锄头的"头"来铲。其实哪里是铲，不过是伏在地上，用锄头乱钩一阵。我认不得哪个是苗，哪个是草，往往把韭菜当作野草割掉，把狗尾草当作谷穗留着。

祖父发现我铲的那块地还留着一片狗尾草，就问我："这是什么？"

我说："谷子。"

祖父大笑起来，笑够

了，把草拔下来，问我："你每天吃的就是这个吗？"

我说："是的。"

我看着祖父还在笑，就说："你不信，我到屋里拿来给你看。"

我跑到屋里拿了一个谷穗，远远地抛给祖父。说："这不是一样的吗？"

祖父把我叫过去，慢慢讲给我听，说谷子是有芒针的，狗尾草却没有，只是毛嘟嘟的，很像狗尾巴。

我并不细看，不过马马虎虎承认下来就是了。一抬头，看见了一个黄瓜长大了，我跑过去摘下来，吃黄瓜去了。黄瓜还没有吃完，我又看见一只大蜻蜓从旁边飞过，于是丢下黄瓜又去追蜻蜓了。蜻蜓飞得多么快，哪里会追得上？好在一开始我也没有存心一定要追上，跟着蜻蜓跑了几步就又去做别的了。采一朵倭瓜花，捉一个绿蚂蚱，把蚂蚱腿用线绑上，绑了一会儿，线头上只拴着一条腿，而不见蚂蚱了。

玩腻了，又跑到祖父那里去乱闹一阵。祖父浇菜，我也过来浇，但不是往菜上浇，而是拿着水瓢，拼尽了力气，把水往天空一扬，大喊着："下雨啰！下雨啰！"

太阳在园子里是特别大的，天空是特别高的。太阳

大作家写给孩子的小散文

光芒四射，亮得使人睁不开眼睛，亮得蚯蚓不敢钻出地面来，蝙蝠不敢从黑暗的地方飞出来。凡是在太阳下的，都是健康的、漂亮的。拍一拍手，仿佛连大树都会发出声响；叫一两声，好像对面的土墙都会回答似的。

　　花开了，就像睡醒了似的。鸟飞了，就像在天上逛似的。虫子叫了，就像在说话似的。一切都活了，要做什么，就做什么。要怎么样，就怎么样，都是自由的。倭瓜愿意爬上架就爬上架，愿意爬上房就爬上房。黄瓜愿意开一朵花，就开一朵花，愿意结一个瓜，就结一个瓜。若都不愿意，就是一个瓜也不结，一朵花也不开，也没有人问它。玉米愿意长多高就长多高，它若愿意长上天去，也没有人管。蝴蝶随意地飞，一会儿从墙头上飞来一对黄蝴蝶，一会儿又从墙头上飞走一只白蝴蝶。它们是从谁家来的，又要飞到谁家去？太阳也不知道。

　　天空蓝悠悠的，又高又远。

　　可是白云一来，一大团一大团的，从祖父的头上飘过，好像要压到祖父的草帽了。

　　我玩累了，就在房子底下找个阴凉的地方睡着了。不用枕头，不用席子，把草帽遮在脸上就睡了。

　　　　　　　　（节选自《呼兰河传》，文字有删改）

聊聊大作家

萧红（1911—1942），原名张迺莹，黑龙江呼兰（今哈尔滨市呼兰区）人。中国现代女作家，被誉为"20世纪30年代的文学洛神"，与吕碧城、石评梅、张爱玲并称"民国四大才女"。代表作品有长篇小说《生死场》《马伯乐》《呼兰河传》等。

谈谈小散文

《祖父的园子》节选自萧红的长篇小说《呼兰河传》，以"我"的视角记叙了童年时期在"祖父的园子"里自由自在的生活，传达出作者对祖父深沉的爱与依恋，以及对快乐童年生活的留恋之情。

文章开篇以儿童的视角描绘了祖父的园子中繁多的小昆虫，"蜜蜂、蝴蝶、蜻蜓、蚂蚱，样样都有"。接着，描写了祖父和作者在花园里自由自在的生活，"祖父戴一顶大草帽，我戴一顶小草帽；祖父栽花，我就栽花；祖父拔草，我就拔草"。通过种花、拔草、种小白菜、铲地、浇水等日常劳作写出了作者和祖父的形影不离，而祖父的"花园工作"和作者的"自由玩耍"组成的蕴含亲情温暖和孩童童真的生活场景，充满了画面感和感染力。

全文语言极富生活气息，生动活泼，通过运用排比、比喻、拟人等修辞手法，细致勾勒出作者美好的童年家园和自由的生活，充满了温馨与亲情。

大作家写给孩子的小散文

背 影

◎朱自清

我们过了江，进了车站。我买票，他忙着照看行李。行李太多了，得向脚夫行些小费才可过去。他便又忙着和他们讲价钱。我那时真是聪明过分，总觉他说话不大漂亮，非自己插嘴不可，但他终于讲定了价钱；就送我上车。他给我拣定了靠车门的一张椅子；我将他给我做的紫毛大衣铺好座位。他嘱我路上小心，夜里警醒些，不要受凉。又嘱托茶房好好照应我。我心里暗笑他的迂；他们只认得钱，托他们只白托！而且我这样大年纪的人，难道还不能料理自己吗？唉，我现在想想，我那时真是太聪明了。

我说道："爸爸，你走吧。"他往车外看了看说："我买几个橘子去。你就

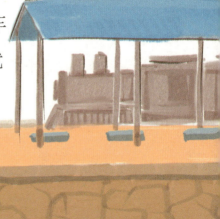

在此地，不要走动。"我看那边月台的栅栏外有几个卖东西的等着顾客。走到那边月台，须穿过铁道，须跳下去又爬上去。父亲是一个胖子，走过去自然要费事些。我本来要去的，他不肯，只好让他去。我看见他戴着黑布小帽，穿着黑布大马褂，深青布棉袍，蹒跚地走到铁道边，慢慢探身下去，尚不大难。可是他穿过铁道，要爬上那边月台，就不容易了。他用两手攀着上面，两脚再向上缩；他肥胖的身子向左微倾，显出努力的样子。这时我看见他的背影，我的泪很快地流下来了。我赶紧拭干了泪。怕他看见，也怕别人看见。我再向外看时，他已抱了朱红的橘子往回走了。过铁道时，他先将橘子散放在地上，自己慢慢爬下，再抱起橘子走。到这边时，我赶紧去搀他。他和我走到车上，将橘子一股脑儿放在我的皮大衣上。于是扑扑衣上的泥土，心里很轻松似的。过一会儿说："我走了，到那边来信！"我望着他走出去。他走了几步，回过头看见我，说："进去吧，里边没人。"等他的背影混入来来往往的人里，再找不着了，我便进来坐下，我的眼泪又来了。

（节选，文字有删改）

大作家写给孩子的小散文

◎ 聊聊大作家 ◎

　　朱自清（1898—1948），原名朱自华，字佩弦，原籍浙江绍兴，生于江苏东海，后定居江苏扬州。中国现代散文家、诗人、古典文学学者。其作品被誉为"白话美术文的模范"。代表散文作品有《桨声灯影里的秦淮河》《荷塘月色》等。

◎ 谈谈小散文 ◎

　　《背影》写于1925年，是朱自清的代表作。文章构思精巧，通过父子在火车站分别的场景，把描写重点聚焦于平常而典型的细节"背影"，以"背影"为线串联全文，表现了父子的拳拳深情。

　　本文是《背影》的节选，文字围绕父亲穿过铁道为"我"买橘子的情节展开，着重描写了父亲爬上月台的"背影"：父亲的体态是肥胖的，脚步是蹒跚的，他"两手攀着上面，两脚再向上缩"……这里运用白描的手法，采用特写镜头，层次分明地描绘父亲的憨态可掬，"探""穿""爬"等一系列动词充分表现出父亲买橘子的艰难，凸显了父亲对儿子的关怀与爱意。作为儿子的"我看见他的背影，我的泪很快地流下来了"，表现了儿子对于父亲的感念。而接下来，"我赶紧拭干了泪，怕他看见，也怕别人看见"，更是中国式父子关系的缩影，浓烈深沉，而不是张扬外露。文章通过层层渲染，烘托出父子的情谊，表达出作者对父亲的复杂情感。

父亲的玳瑁

◎王鲁彦

在墙脚跟刷然溜过的那黑猫的影，又触动了我对于父亲的玳瑁的怀念。

净洁的白毛的中间，夹杂些淡黄的云霞似的柔毛，恰如透明的妇人的玳瑁首饰的那种猫儿，是被称为"玳瑁猫"的。

108

大作家写给孩子的小散文

我们家里的猫儿正是那一类，父亲就给了它"玳瑁"这个名字。

在近来的这一匹玳瑁之前，我们还曾有过另外的一匹。它有着同样的颜色，得到了同样的名字，同是从我姊妹家里带来，一样的为我们所爱。

但那是我不幸的妹妹的玳瑁，它曾经和她盘桓了十二年的岁月。

而现在的这一匹，是属于父亲的。

它什么时候来到我们家里，我不很清楚，据说大约已有三年光景了。父亲给我的信，从来不曾提过它。在他的理智中，仿佛以为玳瑁毕竟是一匹小小的兽，比不上任何的家事，足以通知我似的。

但当我去年回到家里的时候，我看到了父亲和玳瑁的感情了。

每当厨房的碗筷一搬动，父亲在后房餐桌边坐下的时候，玳瑁便在门外"喵喵"地叫了起来。这叫声是只有两三声，从不多叫的。它仿佛在问父亲，可不可以进来似的。

于是父亲就说了，完全像对什么人说话一样：

"玳瑁，这里来！"

我初到的几天，家里突然增多了四个人，在玳瑁似乎感觉到热闹与生疏的恐惧，常不肯即刻进来。

"来吧，玳瑁！"父亲望着门外，不见它进来，又说了。

但是玳瑁只回答了两声"喵喵"仍在门外徘徊着。

"小孩一样，看见生疏的人，就怕进来了。"父亲笑着对我们说。

但是过了一会，玳瑁在大家的不注意中，已经跃上了父亲的膝上。

"哪，在这里儿。"父亲说。

我们弯过头去看，它伏在父亲的膝上，睁着惧怯的眼望着我们，仿佛预备逃遁似的。

父亲立刻理会它的感觉，用手抚摸着它的颈背，说："困吧，玳瑁。"一面他又转过来对我们说："不要多看它，它像姑娘一样的呢。"

我们吃着饭，玳瑁从不跳到桌上来，只是静静地伏在父亲的膝上。有时鱼腥的气息引诱了它，它便偶尔伸出半个头来望了一望，又立刻缩了回去。它的脚不肯触着桌。这是它的规矩，父亲告诉我们说，向来是这样的。

父亲吃完饭，站起来的时候，玳瑁便先走出门外去。它知道父亲要到厨房里去给它预备饭了。那是真的。父亲从来不曾忘记过，他自己一吃完饭，便去添饭给玳瑁的。玳瑁的饭每次都有鱼或鱼汤拌着。父亲自己这几年来对于鱼的滋味据说有点厌，但即使自己不吃，他总是每次上街去，给玳瑁带了一些鱼来，而且给它储存着的。

白天，玳瑁常在储藏东西的楼上，不常到楼下的房子里来。但每当父亲有什么事情将要出去的时候，玳瑁像是在楼上看着的样子，便溜到父亲的身边，绕着父亲的脚转了几下，一直跟父亲到门边。父亲回来的时候，它又像是在什么地方远远望着，静静地倾听着的样子，待父亲一跨进门限，它又在父亲的脚边了。它并不时时刻刻跟着父亲，但父亲的一举一动，父亲的进出，它似乎时刻在那里留心着。

晚上，玳瑁睡在父亲的脚后的被上，陪伴着父亲。

（节选，文字有删改）

◎ 聊聊大作家 ◎

王鲁彦（1901—1944），原名王衡，浙江镇海人。中国现代小说家。因旁听鲁迅的《中国小说史略》课程，大受裨益，遂取笔名"鲁彦"来表达对鲁迅先生的仰慕之情。代表作品有短篇小说集《柚子》《黄金》《菊英的出嫁》等。

◎ 谈谈小散文 ◎

《父亲的玳瑁》写于1933年，是王鲁彦的散文代表作。"玳瑁"是什么？是父亲养的一只猫。作者以"旁观者"的身份讲述了父亲和玳瑁的往昔日常，抒发对父亲和玳瑁永久的怀念。

玳瑁通灵性，知道老父待它如家人，便回馈给老父儿孙般的温暖与安慰。玳瑁很听话，吃饭时，父亲入座，玳瑁会在门外叫上两三声，询问父亲的"意见"，待父亲喊上一句"玳瑁，这里来"，它才会进门。玳瑁乖巧可爱，人多时"也会认生"，不敢进屋，这时父亲会替它解释"小孩一样，看见生疏的人，就怕进来了"。玳瑁有规矩，从不碰待客的饭桌，只静静等待父亲备饭。玳瑁很恋主，它并不时刻跟着父亲，但父亲的一举一动它都留意着。

读完全文，这哪里是一只猫？我们分明看到了玳瑁的身上闪烁着人性之光。父亲和玳瑁虽然无法通过语言来交流，但彼此依赖、彼此信任，温馨又深情。

大作家写给孩子的小散文

第七章 壮丽山河

钓台的春昼

◎郁达夫

　　因为近在咫尺，以为什么时候要去就可以去，我们对于本乡本土的名区胜景，反而往往没有机会去玩，或不容易下一个决心去玩的。正唯其是如此，我对于富春江上的严陵，二十年来，心里虽每在记着，但脚却从没有向这一方面走过。一九三一，岁在辛未，暮春三月，春服未成。我先在江浙附近的穷乡里，游息了几天，偶尔看见了一家扫墓的行舟，乡愁一动，就定下了归计。绕了一个大弯，赶到故乡，却正好还在清明寒食的节前。和家人等去上了几处坟，与许久不曾见过面的亲戚朋友，来往热闹了几天，一种乡居的倦怠，忽而袭上心来了，于是乎我就决心上钓台去访一访严子陵的幽居。

　　我去的那一天，记得是阴晴欲雨的养花天，并且系坐晚班轮去的，船到桐庐，已经是灯火微明的黄昏时候

大作家写给孩子的小散文

了，不得已就只得在码头近边的一家旅馆的高楼上借了
一宵宿。

　　第二日清晨，叫茶房去雇了船，便上钓台去。过了
桐庐，江心狭窄，浅滩果然多起来了。两岸全是青青的
山，中间是一条清浅的水，有时候过一个沙洲，洲上的
桃花菜花，还有许多不晓得名字的白色的花，正在喧闹
着春暮，吸引着蜂蝶。抬起头来一看，四面的水光山色
又忽而变了样子了。清清的一条浅水，比前又窄了几分，
四围的山包得格外的紧了，仿佛是前无去路的样子。并
且山容峻削，看去觉得格外的瘦格外的高。向天上地下
四围看看，只寂寂的看不见一个人类。双桨的摇响，到
此似乎也不敢放肆了，钩的一声过后，要好半天才来一

个幽幽的回响，静，静，静，身边水上，山下岩头，只沉浸着太古的静，死灭的静，山峡里连飞鸟的影子也看不见半只。前面的所谓钓台山上，只看得见两大个石垒，一间歪斜的亭子，许多纵横芜杂的草木。山腰里的那座祠堂，也只露着些废垣残瓦，屋上面连炊烟都没有一丝半缕，像是好久好久没人住了的样子。并且天气又来得阴森，早晨曾经露一露脸过的太阳，这时候早已深藏在云堆里了，余下来的只是时有时无从侧面吹来的阴飕飕的半箭儿山风。船靠了山脚，跟着前面背着酒菜鱼米的船夫走上严先生祠堂去的时候，我心里真有点害怕，怕在这荒山里要遇见一个干枯苍老得同丝瓜筋似的严先生的鬼魂。

我从断碑乱石中间爬上了钓台。东西两石垒，高各有二三百尺，离江面约两里来远，东西台相去，只有一二百步，但其间却夹着一条深谷，立在东台，可以看得出罗芷的人家，回头展望来路，风景似乎散漫一点。这四山的幽静，这江水的青蓝，一色也没有两样；所不同的，就是在这儿的变化更多一点，周围的环境更芜杂不整齐一点而已，但这却是好处，这正是足以代表东方民族性的颓废荒凉的美。

（节选，文字有删改）

大作家写给孩子的小散文

◎ 聊聊大作家 ◎

郁达夫（1896—1945），名文，字达夫，浙江富阳（今杭州市富阳区）人。中国现代作家、革命烈士。新文学团体"创造社"发起人之一，积极参与抗日救国，1945年为国殉难，1952年被追封为烈士。代表作品有散文集《故都的秋》，小说集《春风沉醉的晚上》等。

◎ 谈谈小散文 ◎

《钓台的春昼》是郁达夫于1932年创作的一篇游记散文。全文以作者的游踪为线索，描绘了富春江一带的奇山异水。

文章开篇交代了作者游览钓台的时间，"一九三一，岁在辛未，暮春三月，春服未成"。接着，文章写作者沿江而行所见的富春江一带的山水景色，以及凭吊荒凉的严子陵钓台的情形。秀且静的山水组成了整而不散的风景线，宛如一幅静穆淡雅的水墨画。文章将山水与历史、人文融为一体，描述了富春江一带的景色，抒发了登台后对"东方民族性的颓废荒凉的美"的感慨，进而展现出文人志士对现实的观照、对时局和民众的关心。

这篇散文采用白描的手法写景，文笔细腻又富有独特的肃穆气势，使得情景一体，传达出强烈的主观色彩和情感色彩，充满了浓厚的时代气息。

青岛

◎闻一多

　　海船快到胶州湾时，远远望见一点青，在万顷的巨涛中浮沉；在右边崂山无数柱奇挺的怪峰，会使你忽然想起多少神仙的故事。进湾，先看见小青岛，就是先前浮沉在巨浪中的青点，离它几里远就是山东半岛最东的半岛——青岛。簇新的，整齐的楼屋，一座一座立在小小山坡上，笔直的柏油路伸展在两行梧桐树的中间，起伏在山冈上如一条蛇。谁信这个现成的海市蜃楼，一百年前还是个荒岛？

　　当春天，街市上和山野间密集的树叶，遮蔽着岛上所有的住屋，向着大海碧绿的波浪，岛上起伏的青梢也是一片海浪，浪下有似海底下神人所住的仙宫。但是在榆树丛荫，还埋着十多年前德国人坚伟的炮台，深长的甬道里你还可以看见那些地下室，那些被毁的大炮飞机，

大作家写给孩子的小散文

和墙壁上血涂的手迹。——欧战时这儿剩有五百德国兵丁和日本争夺我们的小岛，德国人败了，日本的太阳旗曾经一时招展全市，但不久又归还了我们。在青岛，有的是一片绿林下的仙宫和海水泱泱的高歌，不许人想到地下还藏着十多间可怕的暗窟，如今全毁了。

堤岸上种植无数株梧桐，那儿可以坐憩，在晚上凭栏望见海湾里千万只帆船的桅杆，远近一盏盏明灭的红绿灯飘在浮标上，那是海上的星辰。沿海岸处有许多伸长的山角，黄昏时潮水一卷一卷来，在沙滩上飞转，溅起白浪花，又退回去，不厌倦地呼啸。天空中海鸥逐向渔舟飞，有时间在海水中的大岩石上，听那巨浪撞击着岩石激起一两丈高的水花。那儿再有伸出海面的站桥，去站着望天上的云，海天的云彩永远是清澄无比的，夕阳快下山，西边浮起几道鲜丽耀眼的光，在别处你永远看不见的。

过清明节以后，从长期的海雾中带回了春色，公园里先是迎春花和连翘，成篱的雪柳，还有好像白亮灯的玉兰，软风一吹来就憩了。四月中旬，奇丽的日本樱花开得像天河，十里长的两行樱花，蜿蜒在山道上，你在树下走，一举首只见樱花绣成的云天。樱花落了，地下铺好一条花蹊。接着海棠花又点亮了，还有踯躅在山坡下的"山踯躅"，丁香，红端木，天天在染织这一大张地毯；往山后深林里走去，每天你会寻见一条新路，每一条小路中不知是谁创制的天地。

到夏季来，青岛几乎是天堂了。双驾马车载人到汇泉浴场去，男的女的中国人和十方的异客，戴了阔边大帽，海边沙滩上，人像小鱼一般，曝露在日光下，怀抱中是熏人的咸风。沙滩边许多小小的木屋，屋外搭着伞篷，人全仰天躺在沙上，有的下海去游泳，踩水浪，孩子们光着身在海滨拾贝壳。街路上满是烂醉的外国水手，一路上胡唱。

但是等秋风吹起，满岛又回复了它的沉默，少有人行走，只在雾天里听见一种怪木牛的叫声，人说木牛躲在海角下，谁都不知道在哪儿。

（文字有改动）

大作家写给孩子的小散文

◎ 聊聊大作家 ◎

闻一多（1899—1946），本名闻家骅，字友三，湖北浠水人，中国现代诗人、学者、民主战士。代表作品有诗集《红烛》《死水》，散文《最后一次讲演》《五四断想》等。

◎ 谈谈小散文 ◎

《青岛》写于1930年9月，是闻一多为数不多的写景抒情散文。如果说读郁达夫《故都的秋》让人感受到的是北京的秋意之深，读老舍《济南的冬天》让人感受到的是济南冬天的温晴之浓，那么读闻一多的《青岛》让我们恍若身处春夏炫美的青岛。

开篇作者写乘船凭栏远眺，青岛"在万顷的巨涛中浮沉"引人遐思"多少神仙的故事"，百年前的荒城变为"现成的海市蜃楼"。春天的青岛"榆树丛荫"，但是"绿林下的仙宫和海水泱泱的高歌"掩盖不了历史的战火硝烟。作者运用拟人、比喻等手法描绘海边景色，航船灯火的明灭成了"海上的星辰"，白浪花飞转着"不厌倦地呼啸"，"海天的云彩永远是清澄无比的"。公园里百花争妍，深林小路，处处洞天。夏季的青岛犹如天堂，虽着墨不多，但海滩热闹，人们悠闲避暑，别有情味。全文语言极富诗意，字字句句蕴含着作者对青岛别样的深情。

古刹

◎王统照

我到了城东南角上的孔庙，从颓垣的入口处走进去，绿树丛中我们只遇见一个担粪便桶的挑夫。庙外是一大个毁坏的园子，地上满种着青菜，一条小路逶迤地通到庙门首，这真是"荒墟"了。

石碑半卧在剥落了颜色的红墙根下，大字深刻的什么话也满长了苔藓。进去，不像森林，也不像花园，滋生的碧草与这城里少见的柏树，一道石桥得当心脚步！又一重门，是直走向大成殿的，关起来，我们便从旁边先贤祠、名宦祠的侧门穿过。破门上贴着一张告示，意思是崇奉孔子圣地，不得到此损毁东西，与禁止看守的庙役赁与杂人住居等话。（记不清了，大意如此。）披着杂草，树枝，又进一重门，到了两庑，木栅栏都没了，

大作家写给孩子的小散文

空洞的廊下只有鸟粪、土藓。正殿上的朱门半阖，我刚刚迈进一只脚，一股臭味闷住呼吸，后面的陶君急急地道：

"不要进去，里面的蝙蝠太多了，气味难闻得很！"

果然，一阵啪啪的飞声，梁栋上有许多小灰色动物在阴暗中自营生活。木龛里，"至圣先师"的神位孤独地在大殿正中享受这霉湿的气息。好大的殿堂，此外一无所有。石阶上，蚂蚁、小虫在鸟粪堆中跑来跑去，细草由砖缝中向上生长，两行古柏苍干皱皮，沉默地对立。

立在圮颓的庑下，想象多少年来，每逢丁祭的时日，跻跻跄跄，拜跪，鞠躬，老少先生们都戴上一份严重的面具。听着仿古音乐的奏弄，宗教仪式的宰牲，和血，燃起干枝"庭燎"。他们总想由这点崇敬，由这点祈求：国泰，民安。……至于士大夫幻梦的追逐，香烟中似开着"朱紫贵"的花朵。虽然土、草、木、石的简单音响仿佛真的是"金声、玉振"。也许因此他们会有一点点"前不见古人后不见来者"的想法？但现在呢？不管怎样在倡导尊孔，读经，只就这偌大古旧的城圈中"至圣先师"的庙殿看来，荒烟，蔓草，真变做"空山古刹"。偶来的游人对于这阔大而荒凉破败的建筑物有何感动？

何况所谓苏州向来是士大夫的出产地：明末的党社人物，与清代的状元、宰相，固有多少不同，然而属于尊孔读经的主流却是一样，现在呢？仕宦阶级与田主身份同做了时代的没落者？

所以巍峨的孔庙变成了"空山古刹"并不稀奇，你任管到那个城中看看，差不了多少。

我们在大门外的草丛中立了一会，很悦耳地也还有几声鸟鸣，微微丝雨洒到身上，颇感春寒的料峭。

雨中，我们离开了这所"古刹"。

（节选，文字有删改）

◎ 聊聊大作家 ◎

王统照（1897—1957），字剑三，笔名息庐、容庐。山东诸城人。1921年与郑振铎、沈雁冰等发起成立文学研究会，中国现代作家、诗人。代表作品有小说集《春雨之夜》，诗集《童心》，散文集《欧游散记》等。

◎ 谈谈小散文 ◎

《古刹》写于1936年，是王统照的散文代表作。文中的"古刹"并不是一座寺庙，而是苏州城东南角上的孔庙。

"我"来到孔庙游玩，却发现曾经巍峨繁盛的千年孔庙如今沦为"空山古刹"。"荒墟"二字总领全文，概写出孔庙衰败的面貌：颓垣断壁，红漆剥落，苔藓、杂草丛生，蝙蝠霸占大殿，人迹罕至。庙外的园子里虽然"满种着青菜"，看似生机无限，但是这种与孔庙格格不入的景象，反衬了孔庙的衰败。随着时代变迁，"仕宦阶级与田主身份同做了时代的没落者"，儒学走下神坛，完全失去"托身之所"，变成了一个"游魂"。随着孔庙的没落，"尊孔读经"的思潮一去不返，作者感慨万千，又满怀心酸无奈。

想北平

◎老舍

扫码阅读全文

设若让我写一本小说，以北平作背景，我不至于害怕，因为我可以捡着我知道的写，而躲开我所不知道的。让我单摆浮搁的讲一套北平，我没办法。北平的地方那么大，事情那么多，我知道的真觉太少了，虽然我生在那里，一直到廿七岁才离开。以名胜说，我没到过陶然亭，这多可笑！以此类推，我所知道的那点只是"我的北平"，而我的北平大概等于牛的一毛。

可是，我真爱北平。这个爱几乎是要说而说不出的。我爱我的母亲。怎样爱？我说不出。在我想做一件事讨她老人家喜欢的时候，我独自微微的笑着；在我想到她的健康而不放心的时候，我欲落泪。言语是不够表现我的心情的，只有独自微笑或落泪才足以把内心揭露在外

大作家写给孩子的小散文

面一些来。我之爱北平也近乎这个。夸奖这个古城的某一点是容易的，可是那就把北平看得太小了。我所爱的北平不是枝枝节节的一些什么，而是整个儿与我的心灵相粘合的一段历史，一大块地方，多少风景名胜，从雨后什刹海的蜻蜓一直到我梦里的玉泉山的塔影，都积凑到一块儿，每一小的事件中有个我，我的每一思念中有个北平，这只有说不出而已。

真愿成为诗人，把一切好听好看的字都浸在自己的心血里，像杜鹃似的啼出北平的俊伟。啊！我不是诗人！我将永远道不出我的爱，一种像由音乐与图画所引起的爱。这不但辜负了北平，也对不住我自己，因为我的最初的知识与印象都得自北平，它是在我的血里，我的性格与脾气里有许多地方是这古城所赐给的。我不能爱上海与天津，因为我心中有个北平。可是我说不出来！

伦敦，巴黎，罗马，与堪司坦丁堡，曾被称为欧洲的四大"历史的都城"。我知道一些伦敦的情形；巴黎与罗马只是到过而已；堪司坦丁堡根本没有去过。就伦敦，巴黎，罗马来说，巴黎更近似北平——虽然"近似"两字要拉扯得很远——不过，假使让我"家住巴黎"，我一定会和没有家一样的感到寂苦。巴黎，据我看，还太热闹。自然，那里也有空旷静寂的地方，可是又未免太旷；不像北平那样既复杂而又有个边际，使我能摸着——那长着红酸枣的老城墙！面向着积水滩，背后是城墙，坐在石上看水中的小蝌蚪或苇叶上的嫩蜻蜓，我可以快乐的坐一天，心中完全安适，无所求也无可怕，像小儿安睡在摇篮里。是的，北平也有热闹的地方，但是它和太极拳相似，动中有静。巴黎有许多地方使人疲乏，所以咖啡与酒是必要的，以便刺激；在北平，有温和的香片茶就够了。

论说巴黎的布置已比伦敦罗马匀调的多了，可是比上北平还差点事儿。北平在人为之中显出自然，几乎是什么地方既不挤得慌，又不太僻静：最小的胡同里的房子也有院子与树，最空旷的地方也离买卖街与住宅区不远。这种分配法可以算——在我的经验中——天下第一了。北平的好处不在处处设备得完全，而在它处处有空儿，可以使人自由的喘气；不在有好些美丽的建筑，而在建筑的四围都有空闲的地方，使它们成为美景。每一个城楼，每一个牌楼，都可以从老远就看见。况且在街上还可以看见北山与西山呢！

好学的，爱古物的，人们自然喜欢北平，因为这里书多古物多。我不好学，也没有钱买古物。对于物质上，我却喜爱北平的花多菜多果子多。花草是种费钱的玩艺，可是此地的"草花儿"很便宜，而且家家有院子，可以花不多的钱而种一院子花，即使算不了什么，可是到底可爱呀。墙上的牵牛，墙根的靠山竹与草茉莉，是多么省钱省事而也足以招来蝴蝶呀！至于青菜，白菜，扁豆，毛豆角，黄瓜，菠菜等等，大多数是直接由城外担来而送到家门口的。雨后，韭菜叶上还往往带着雨时溅起的泥点。青菜摊子上的红红绿绿几乎有诗似的美丽。果子有不少是由西山与北山来的，西山的沙果，海棠，北山的黑枣，柿子，进了城还带着一层白霜儿呀！哼，美国的橘子包着纸，遇到北平的带霜儿的玉李，还不愧杀！是的，北平是个都城，而能有好多自己产生的花，菜，水果，这就使人更接近了自然。从它里面说，它没有像伦敦的那些成天冒烟的工厂；从外面说，它紧连着园林，菜圃与农村。采菊东篱下，在这里，确是可以悠然见南山的；大概把"南"字变个"西"或"北"，也没有多少了不得的吧。像我这样一个贫寒的人，或者只有在北平能享受一点清福了。

好，不再说了吧；要落泪了，真想念北平呀！

◎ 聊聊大作家 ◎

老舍（1899—1966），原名舒庆春，字舍予，北京人。中国现代作家，是新中国第一位获得"人民艺术家"称号的作家。代表作品有小说《骆驼祥子》《四世同堂》，话剧《茶馆》《龙须沟》等。

◎ 谈谈小散文 ◎

《想北平》写于1936年，是老舍的散文代表作。作者曾住过伦敦，去过巴黎，可心心念念的还是北平——生他养他的故乡。全文用质朴真挚的语言袒露了作者对故乡的一往情深。

文章开篇直呼北平是"我的北平"，直抒胸臆，说"我真爱北平"，表达了作者对北平的执着的爱。

然后作者采用对比的手法，坦言曾居住过的天津、上海"我不能爱"，巴黎、伦敦等国外的都城太喧闹空旷，假使让我"家住巴黎"，"我一定会和没有家一样的感到寂苦"。与之对比的是，作者反复言说"真想念北平"，但又反复念叨"我说不出来"对北平的爱，对北平的深情眷恋溢于言表。"我"爱北平"布置匀调""设备完全"，也喜爱"北平的花多菜多果子多"。贫寒的"我"能够在北平远离工业都城的烟火，享受独有的"清福"。结尾作者深情告白，"好，不再说了吧；要落泪了，真想念北平呀！"一座人情味的古城惹人牵挂，足见作者的拳拳之心。

大作家写给孩子的小散文

扫码阅读全文

雅舍

◎梁实秋

　　"雅舍"的位置在半山腰，下距马路约有七八十层的土阶。前面是阡陌螺旋的稻田。再远望过去是几抹葱翠的远山，旁边有高粱地，有竹林，有水池，有粪坑，后面是荒僻的榛莽未除的土山坡。若说地点荒凉，则月明之夕，或风雨之日，亦常有客到，大抵好友不嫌路远，路远乃见情谊。客来则先爬几十级的土阶，进得屋来，仍须上坡，因为屋内地板乃依山势而铺，一面高，一面低，坡度甚大，客来无不惊叹，我则久而安之，每日由书房走到饭厅是上坡，饭后鼓腹而出是下坡，亦不觉有大不便处。

　　"雅舍"共是六间，我居其二。篾墙不固，门窗不严，故我与邻人彼此均可互通声息。邻人轰饮作乐，咿唔诗章，喁喁细语，以及鼾声，喷嚏声，吮汤声，撕纸声，脱皮鞋声，均随时由门窗户壁的隙处荡漾而来，破我岑寂。入夜则鼠子瞰灯，才一合眼，鼠子便自由行动，或搬核桃在地板上顺坡而下，或吸灯油而推翻烛台，或攀缘而上帐顶，或在门框桌脚上磨牙，使得人不得安枕。但是对于鼠子，我很惭愧地承认，我"没有法子"。"没有法子"一语是被外国人常常引用着的，以为这话最足代表中国人的懒惰隐忍的态度。其实我的对付鼠子并不懒惰。窗上糊纸，纸一戳就破；门户关紧，而相鼠有牙，一阵咬便是一个洞洞。试问还有什么法子？洋鬼子住到"雅舍"里，不也是"没有法子"？比鼠子更骚扰的是蚊子。"雅舍"的蚊风之盛，是我前所未见的。"聚蚊成雷"真有其事！每当黄昏时候，满屋里磕头碰脑的全是蚊子，又黑又大，骨骼都像是硬的。在别处蚊子早已肃清的时候，在"雅舍"则格外猖獗，来客偶不留心，则两腿伤处累累隆起如玉蜀黍，但是我仍安之。冬天一到，蚊子自然绝迹，明年夏天——谁知道我还是住在"雅舍"！

"雅舍"最宜月夜——地势较高，得月较先。看山头吐月，红盘乍涌，一霎间，清光四射，天空皎洁，四野无声，微闻犬吠，坐客无不悄然！舍前有两株梨树，等到月升中天，清光从树间筛洒而下，地下阴影斑斓，此时尤为幽绝。直到兴阑人散，归房就寝，月光仍然逼进窗来，助我凄凉。细雨蒙蒙之际，"雅舍"亦复有趣。推窗展望，俨然米氏章法，若云若雾，一片弥漫。但若大雨滂沱，我就又惶悚不安了，屋顶浓印到处都有，起初如碗大，俄而扩大如盆，继则滴水乃不绝，终乃屋顶灰泥突然崩裂，如奇葩初绽，砉然一声而泥水下注，此刻满室狼藉，抢救无及。此种经验，已数见不鲜。

（节选，文字有删改）

◎ 聊聊大作家 ◎

梁实秋（1902—1987），原名梁治华，字实秋，浙江杭州人。中国现当代散文家、文学批评家、翻译家。代表作品有散文集《雅舍小品》，专著《英国文学史》，译作《莎士比亚全集》等。

◎ 谈谈小散文 ◎

《雅舍》是梁实秋于1940年创作的一篇散文。抗日战争期间，梁实秋在重庆北碚一栋平房（命名为"雅舍"）隐居数年，创作了散文集《雅舍小品》，此文即第一篇。作者将所居陋室调侃为"雅舍"，如实描述了简陋的生活，表现出作者随遇而安的心态、乐观旷达的情怀。

开篇作者以简洁之笔介绍了"雅舍"的地理位置和简陋之实，一系列描述表现了"雅舍"的"陋室"特点，但作者却不以为意："聚蚊成雷"，仍安然处之；"满室狼藉"，却不为所动。作者在描写中充满了生活的幽默，从中可见作者的平和心态，以及忘怀得失、甘居淡泊的个性。

这篇散文托物言志，语言文字典雅幽默，描写细致具体，读起来令人倍感亲切，反映了特定时期作者超然面对人生和时代风雨时心平气和、通达洒脱和随遇而安的个性。

134 大作家写给孩子的小散文

第八章 人生百味

匆匆

◎朱自清

燕子去了，有再来的时候；杨柳枯了，有再青的时候；桃花谢了，有再开的时候。但是，聪明的，你告诉我，我们的日子为什么一去不复返呢？——是有人偷了他们罢：那是谁？又藏在何处呢？是他们自己逃走了罢：现在又到了哪里呢？我不知道他们给了我多少日子；但我的手确乎是渐渐空虚了。在默默里算着，八千多日子已经从我手中溜去；像针尖上一滴水滴在大海里，我的日子滴在时间的流里，没有声音，也没有影子。我不禁头涔涔而泪潸潸了。

去的尽管去了，来的尽管来着；去来的中间，又怎样地匆匆呢？早上我起来的时候，小屋里射进两三方斜斜的太阳。太阳他有脚啊，轻轻悄悄地挪移了；我也茫茫然跟着旋转。于是——洗手的时候，日子从水盆里过去；吃饭的时候，日子从饭碗里过去；默默时，便从凝然的双眼前过去。我觉察他去的匆匆了，伸出手遮挽时，他又从遮挽着的手边过去，天黑时，我躺在床上，他便伶伶俐俐地从我身上跨过，从我脚边飞去了。等我睁开眼和太阳再见，这算又溜走了一日。我掩着面叹息。但是新来的日子的影儿又开始在叹息里闪过了。

在逃去如飞的日子里，在千门万户的世界里的我能做些什么呢？只有徘徊罢了，只有匆匆罢了；在八千多日的匆匆里，除徘徊外，又剩些什么呢？过去的日子如轻烟，被微风吹散了，如薄雾，被初阳蒸融了；我留着些什么痕迹呢？我何曾留着像游丝样的痕迹呢？我赤裸裸来到这世界，转眼间也将赤裸裸的回去罢？但不能平的，为什么偏要白白走这一遭啊？

你聪明的，告诉我，我们的日子为什么一去不复返呢？

◎ 聊 聊 大 作 家 ◎

　　朱自清（1898—1948），原名朱自华，字佩弦，原籍浙江绍兴，生于江苏东海，后定居江苏扬州。中国散文家、诗人、古典文学学者。其作品被誉为"白话美术文的模范"。代表散文作品有《桨声灯影里的秦淮河》《荷塘月色》等。

◎ 谈 谈 小 散 文 ◎

　　《匆匆》是朱自清的散文代表作。1922年3月，正值五四运动的落潮期，残酷的现实让人失望，作者却不甘沉沦，挥笔写就了"希望之歌"《匆匆》。

　　开篇通过排比句描写了三组常见春景——燕子、杨柳、桃花，表明光阴的飞逝；接着连续发问，唤醒人们对时间的珍视。然后通过比喻，把过去"八千多日子"比喻成"针尖上的水滴"，把"时间的流"比喻成"浩瀚的大海"，将无形的时间有形化，突出时间的飞逝。"茫茫然"是作者对自己虚度光阴的自责。接下来，作者聚焦生活中洗手、吃饭等小细节，展现日子的来去匆匆；而作者的掩面叹息让我们再次感受到了时间的不可掌控。然后角度一转，"为什么偏要白白走这一遭啊"，作者通过发问表现了自己不甘虚度光阴、力求上进的精神。全文表达了作者对时光流逝的感叹，也是在告诫人们要珍惜时间，奋发进取。

大作家写给孩子的小散文

五四断想

◎闻一多

扫码阅读全文

　　旧的悠悠死去，新的悠悠生出，不慌不忙，一个跟一个，——这是演化。

　　新的已经来到，旧的还不肯去，新的急了，把旧的挤掉，——这是革命。

　　挤是发展受到阻碍时必然的现象，而新的必然是发展的，能发展的必然是新的，所以青年永远是革命的，革命永远是青年的。

　　新的日日壮健着(量的增长)，旧的日日衰老着(量的减耗)，壮健的挤着衰老的，没有挤不掉的。所以革命永远是成功的。

　　革命成功了，新的变成旧的，又一批新的上来了。旧的停下来拦住去路，说："我是赶过路程来的，我的血汗不能白流，我该歇下来舒服舒服。"新的说："你的舒服就是我的痛苦，你耽误了我的路程。"又把他挤掉，……如此，武戏接二连三的演下去，于是革命似乎永远"尚未成功"。

　　让曾经新过来的旧的，不要只珍惜自己的过去，多多体念别人的将来，自己腰酸腿痛，拖不动了，就赶紧让。"功成身退"，不正是光荣吗？"后生可畏，焉知来者之不如今也！"这也是古训啊！

其实青年并非永远是革命的，"青年永远是革命的"这定理，只在"老年永远是不肯让路的"这前提下才能成立。

革命也不能永远"尚未成功"。几时旧的知趣了，到时就功成身退，不致阻碍了新的发展，革命便

大作家写给孩子的小散文

成功了。

旧的悠悠退去，新的悠悠上来，一个跟一个，不慌不忙，那天历史走上了演化的常轨，就不再需要变态的革命了。

但目前，我们还要用"挤"来争取"悠悠"，用革命来争取演化。"悠悠"是目的，"挤"是达到目的的手段。

于是又想到变与乱的问题。变是悠悠的演化，乱是挤来挤去的革命。若要不乱挤，就只得悠悠的变。若是该变而不变，那只有挤得你变了。

子在川上，曰："逝者如斯夫，不舍昼夜！"古训也发挥了变的原理。

◎ 聊聊大作家 ◎

闻一多（1899—1946），本名闻家骅，字友三，湖北浠水人，中国现代诗人、学者、民主战士。代表作品有诗集《红烛》《死水》，散文《最后一次讲演》《五四断想》等。

◎ 谈谈小散文 ◎

《五四断想》是闻一多的散文代表作。1945年为五四运动26周年，作者写下了这篇文章，用新旧更替的哲学观点来阐释什么是革命。"新的必然是发展的，能发展的必然是新的"，彰显了他对五四精神的个性解读。

作者用"新的"和"旧的"来指代前进道路上的开拓者和阻碍者。用"旧的悠悠死去，新的悠悠生出"形容演化；用"新的急了，把旧的挤掉"形容革命；用"旧的"与"新的"赶路的对话来表达"革命似乎永远'尚未成功'"的道理。作者相信革命必胜，"后生可畏"，青年永远需要革命，老年应该支持而非阻碍，然而现实却是"老年永远是不肯让路的"。有鉴于此，作者选择与青年们一起挤着那"旧的"，奋不顾身，最终以自己的生命促进"新的"发展。

全文构思新颖，通过诗的感情、诗的形象、诗的语言来回顾五四运动，说理浅显易懂，趣味横生。

大作家写给孩子的小散文

荷叶伞

◎李广田

我从一座边远的古城，旅行到一座摩天的峰顶，摩天的峰顶住着我所系念的一个人。

路途是遥远的，又隔着重重山水，我一步一步跋涉而来，我又将一步一步跋涉而归，因为我不曾找到我所系念的人。——因为，那个人也许在更遥远的地方，也许在更高的峰顶，我怀着满怀空虚，行将离开这个圣地。但当我以至诚的心为那人祷告时，我已经得到了那人的恩惠，我的耳边又仿佛为柔风送来那人的言语：

"给你这个——一把伞。你应当满足，因为这个可以使你平安，可以为你蔽雨。"

于是，我手中就有一把伞了，而我的满足却使我洒下眼泪。

我细看我的伞，乃一把荷叶伞，其大如荷叶，其色如荷叶，而且有败荷的香气。心想：方当秋后，众卉俱摧，唯有荷叶，还在水面停留，如今我打了我的荷叶伞，我正如作了一枝荷叶的柄，虽然觉得喜欢，却又实在是荒凉之至。我向着归路前进，我听到伞上的雨声。

天原是晴朗的，正如我首途前来时的心情，明白而澄清，是为了我的伞而来雨吗，还是因为预卜必雨而才给我以伞呢？这时天地黑暗，云雾迷蒙，不见山川草木，但闻伞上雨声。起初我还非常担心，我衣，我履，万一拖泥带水，将如何行得几千里路。但当我又一转念时，我乃寂寞地一笑了：哪有作为一枝荷叶梗而犹担心风雨的呢，白莲藕生长泥里，我的鞋子还怕什么露水。何况我的荷叶伞乃神仙的赠品。

雨越下越大了，而我却越感觉平安，因为我这时才发现出我的伞的妙用：雨小时伞也小，雨大时伞也大，当时雨急，我的伞也就渐渐开展着，于是我乃重致我的谢意。

忽然，我觉得我的周围有变化了，路上已不止我一个行人，我仿佛看见许多人在昏暗中冒雨前进。雨下得很急，他们均如孩子们在急流中放出的芦叶船儿，风吹雨打，颠翻漂没。我起始觉得不安了，我恨我的伞不能更大，大得像天幕；我希望我的伞能分作许多伞，如风雨中荷叶满江满湖。我的念头使我无力，我的荷叶已不知于几时摧折了。

我醒来，窗外的风雨正急。

（文字有改动）

◎ 聊聊大作家 ◎

李广田（1906—1968），号洗岑，山东邹平人。中国现代诗人、作家、教育家。1936年，李广田和卞之琳、何其芳的诗歌合集《汉园集》出版，三位诗人并称"汉园三诗人"。代表作品有散文集《画廊集》《银狐集》，诗集《春城集》等。

◎ 谈谈小散文 ◎

《荷叶伞》写于1935年，是李广田的散文代表作。这是一篇诗意化的散文，通篇采用超现实的手法，以逼真的语气描绘了作家的一个梦境，设置悬念，步步推进，读罢全文，读者才会知道什么是荷叶伞。

文章叙事一波三折，情感跌宕起伏。首先，叙事脉络清晰，从寻找"所系念的人"却不得而归，到被赠伞并希望伞大而多，再到荷叶被摧折，最终醒来风雨正急。其次，文章表达的情感也有轨迹可循，先是充满希望而去，后是满怀空虚而归，又是心怀感动，产生觉悟，最后是无力改变残酷现实的失望。

"荷叶伞"是梦境中"那人"的赠品，它与人生的风雨相伴，为"我"遮风蔽雨。因此，它象征着人在困境中坚强不屈的精神，是作家人格精神的体现。结尾写荷叶被摧折，表达了作者的无奈：个人能力毕竟有限，最终难以拯救众生，体现了作者的人道主义情怀。

幽默的叫卖声

◎夏丏尊

　　住在都市里，从早到晚，从晚到早，不知要听到多少种类、多少次数的叫卖声。深巷的卖花声是曾经入过诗的，当然富于诗趣，可惜我们现在实际上已不大听到。寒夜的"茶叶蛋""细砂粽子""莲心粥"，等等，声音发沙，十之七八似乎是"老枪"的喉咙，困在床上听去，颇有些凄清。每种叫卖声，差不多都有着特殊的情调。

　　我在这许多叫卖者中发现了两种幽默家。

　　一种是卖臭豆腐干的。每到下午五六点钟，弄堂口常有臭豆腐干担歇着或是走着叫卖，担子的一头是油锅，油锅里现炸着臭豆腐干，气味臭得难闻，卖的人大叫"臭豆腐干！”“臭豆腐干！”态度自若。

我以为这很有意思。“说真方，卖假药”“挂羊头，卖狗肉”，是世间一般的毛病，以香相号召的东西，实际往往是臭的。卖臭豆腐干的居然不欺骗大众，自叫“臭豆腐干”，把“臭”作为口号标语，实际的货色真是臭的。如此言行一致、名副其实、不欺骗别人的事情，恐怕世间再也找不出了吧，我想。

“臭豆腐干！”这呼声在欺诈横行的现世，俨然是一种愤世嫉俗的激越的讽刺！

还有一种是五云日升楼卖报者的叫卖声。那里的卖报的和别处不同，没有十多岁的孩子，都是些三四十岁的老枪瘪三，身子瘦得像腊鸭，深深的乱头发、青屑屑的烟脸，看去活像是个鬼。早晨是看不见他们的，他们卖的总是夜报。傍晚坐电车打那儿经过，就会听到一片发沙的卖报声。

他们所卖的似乎都是两个铜板的东西（如《新夜报》《时报号外》之类），叫卖的方法很特别，他们不叫“刚刚出版××报”，却把价目和重要新闻标题联在一起，叫起来的时候，老是用“两个铜板”打头，下面接着“要看到"三个字，再下去是当日的重要的国家大事的题目，再下去是一个"哪"字。"两个铜板要看到剿匪胜利哪！"在剿匪消息胜利的时候，他们就这样叫。"两个铜板要看到十九路军反抗中央哪！"在福建事变起来的时候，他们就这样叫。"两个铜板要看到日本副领事在南京失踪哪！"藏本事件开始的时候，他们就这样叫。

在他们的叫声里任何国家大事都只要花两个铜板就可以看到，似乎任何国家大事都只值两个铜板的样子。我每次听到，总深深地感到冷酷的滑稽情味。

"臭豆腐干！""两个铜板要看到××××哪！"这两种叫卖者颇有幽默家的风格。前者似乎富于热情，像个矫世的君子，后者似乎鄙夷一切，像个玩世的隐士。

◎ 聊聊大作家 ◎

夏丏尊 (1886—1946)，名铸，字勉旃，浙江上虞（今绍兴市上虞区）人。中国现代作家、出版家，"白马湖作家群"领袖人物。代表作品有译作《爱的教育》，散文集《平屋杂文》等。

◎ 谈谈小散文 ◎

《幽默的叫卖声》写于 1934 年，是夏丏尊的散文代表作。文题中虽有"幽默"二字，却不是轻松好玩的幽默之作，而是暗含犀利的讽喻之作。

"叫卖声"稀松平常，作者却能从司空见惯的寻常事物中发掘深意。卖臭豆腐干的，虽然豆腐干奇臭无比，但他们依然"态度自若"，是"矫世的君子"；而那些卖报的老枪瘪三，"身子瘦得像腊鸭"，"看去活像是个鬼"，活脱脱"玩世的隐士"。

具体来说，文章主要写了两种叫卖声，"一种是卖臭豆腐干的"，"还有一种是五云日升楼卖报者的叫卖声"。虽然同是叫卖声，但卖"臭豆腐干"者，直言不讳自己的货"臭"，作者认为这是"言行一致、名副其实、不欺骗别人"；相反，作者对"任何国家大事都只值两个铜板的"叫卖声，表现出明显的调侃，"我每次听到，总深深地感到冷酷的滑稽情味"。作者运用对比的手法针砭时弊，表达了对欺诈横行于世的丑恶现实的不满和讽刺。

清贫

◎方志敏

我从事革命斗争，已经十余年了。在这长期的奋斗中，我一向是过着朴素的生活，从没有奢侈过。经手的款项，总在数百万元；但为革命而筹集的金钱，是一点一滴地用之于革命事业。这在国方的伟人们看来，颇似奇迹，或认为夸张；而矜持不苟，舍己为公，却是每个共产党员具备的美德。所以，如果有人问我身边有没有一些积蓄，那我可以告诉你一桩趣事：

就在我被俘的那一天——一个最不幸的日子，有两个国方兵士，在树林中发现了我，而且猜到我是什么人的时候，他们满肚子热望在我身上搜出一千或八百大洋，或者搜出一些金镯金戒指一类的东西，发个意外之财。哪知道从我上身摸到下身，从袄领捏到袜底，除了一只时表和一支自来水笔之外，一个铜板都没有搜出。他们于是激怒起来了，猜疑我是把钱藏在哪里，不肯拿出来。

他们之中有一个，左手拿着一个木柄榴弹，右手拉出榴弹中的引线，双脚拉开一步，做出要抛掷的姿势，用凶恶的眼光盯住我，威吓地吼道：

"赶快将钱拿出来，不然就是一炸弹，把你炸死去！"

"哼！你不要做出那难看的样子来吧！我确实一个铜板都没有存；想从我这里发洋财，是想错了。"我微笑淡淡地说。

"你骗谁！像你当大官的人会没有钱！"拿榴弹的兵士坚不相信。

"绝不会没有钱的，一定是藏在哪里，我是老出门的，骗不得我。"另一个兵士一面说，一面弓着背重来一次将我的衣角裤裆仔细地捏，总企望着有新的发现。

"你们要相信我的话，不要瞎忙吧！我不比你们国民党当官的，个个都有钱，我今天确实是一个铜板也没有，我们革命不是为着发财啦！"我再向

152 大作家写给孩子的小散文

他们解释。

等他们确知在我身上搜不出什么的时候，也就停手不搜了；又在我藏躲地方的周围，低头注目搜寻了一番，也毫无所得，他们是多么地失望啊！那个持弹欲放的兵士，也将拉着的引线，仍旧塞进榴弹的木柄里，转过来抢夺我的表和水笔。后彼此说定表和笔卖出钱来平分，才算无话。他们用怀疑而又惊异的目光，对我自上而下地望了几遍，就同声命令地说："走吧！"

是不是还要问问我家里有没有一些财产？请等一下，让我想一想，啊，记起来了，有的有的，但不算多。去年暑天我穿的几套旧的汗褂裤，与几双缝上底的线袜，已交给我的妻放在深山坞里保藏着——怕国军进攻时，被人抢了去，准备今年暑天拿出来再穿；那些就算是我唯一的财产了。但我说出那几件"传世宝"来，岂不要叫那些富翁们齿冷三天？！

清贫，洁白朴素的生活，正是我们革命者能够战胜许多困难的地方！

方志敏（1899—1935），号惠生，江西弋阳人。中国无产阶级革命家、军事家，杰出的农民运动领袖，革命烈士。代表作品有散文《可爱的中国》《我不相信基督教！》等。

◎ 谈谈小散文 ◎

《清贫》是方志敏的散文代表作。1935年1月，方志敏因叛徒告密被俘，在狱中写下此文。《清贫》是中华民族难以磨灭的文化记忆，而清贫精神是方志敏精神的核心，是中国革命精神的重要组成部分。

这是一篇自叙式散文，简短质朴，意蕴深刻。运用侧面描写来表现主题，是文章的最大特色。文章集中刻画了两个国民党兵士想从作者身上搜刮钱财的丑态。先写两人"满肚子热望在我身上搜出一千或八百大洋，或者搜出一些金镯金戒指一类的东西，发个意外之财"；再写他们"从我上身摸到下身，从袄领捏到袜底"，可是却一无所获；最后两人气急败坏，"威吓地吼道：'赶快将钱拿出来，不然就是一炸弹，把你炸死去！'"。国民党兵士的贪婪无耻和作者的镇定自若，形成了鲜明对比，通过国民党兵士丑陋形象的反衬，作者一生清贫的无产阶级革命家的形象更加光辉，更加可敬可亲。

大作家写给孩子的小散文

姜家璇 编著

（下）

北京工艺美术出版社

目录

大作家写给孩子的小散文

第十三章 鸟兽虫鱼

第十四章 乡音难忘

第十五章 异域他乡

第十六章 处世哲学

大作家写给孩子的小散文

第九章　秋高气爽

秋 夜

◎鲁迅

　　在我的后园，可以看见墙外有两株树，一株是枣树，还有一株也是枣树。

　　这上面的夜的天空，奇怪而高，我生平没有见过这样的奇怪而高的天空。他仿佛要离开人间而去，使人们仰面不再看见。然而现在却非常之蓝，闪闪地映着几十

个星星的眼，冷眼。他的口角上现出微笑，似乎自以为大有深意，而将繁霜洒在我的园里的野花草上。

我不知道那些花草真叫什么名字，人们叫他们什么名字。我记得有一种开过极细小的粉红花，现在还开着，但是更极细小了，她在冷的夜气中，瑟缩地做梦，梦见春的到来，梦见秋的到来，梦见瘦的诗人将眼泪擦在她最末的花瓣上，告诉她秋虽然来，冬虽然来，而此后接着还是春，蝴蝶乱飞，蜜蜂都唱起春词来了。她于是一笑，

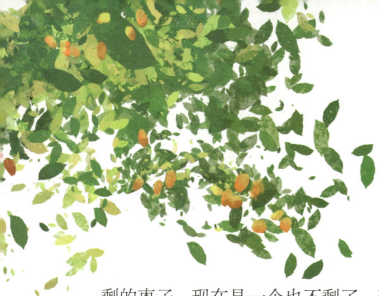

虽然颜色冻得红惨惨地，仍然瑟缩着。

枣树，他们简直落尽了叶子。先前，还有一两个孩子来打他们别人打剩的枣子，现在是一个也不剩了，连叶子也落尽了。他知道小粉红花的梦，秋后要有春；他也知道落叶的梦，春后还是秋。他简直落尽叶子，单剩干子，然而脱了当初满树是果实和叶子时候的弧形，欠伸得很舒服。但是，有几枝还低亚着，护定他从打枣的竿梢所得的皮伤，而最直最长的几枝，却已默默地铁似的直刺着奇怪而高的天空，使天空闪闪地鬼䀹眼；直刺着天空中圆满的月亮，使月亮窘得发白。

鬼䀹眼的天空越加非常之蓝，不安了，仿佛想离去人间，避开枣树，只将月亮剩下。然而月亮也暗暗地躲到东边去了。而一无所有的干子，却仍然默默地铁似的直刺着奇怪而高的天空，一意要制他的死命，不管他各式各样地䀹着许多蛊惑的眼睛。

哇的一声，夜游的恶鸟飞过了。

我忽而听到夜半的笑声，吃吃地，似乎不愿意惊动睡着的人，然而四围的空气都应和着笑。夜半，没有别的人，我即刻听出这声音就在我嘴里，我也即刻被这笑声所驱逐，回进自己的房。灯火的带子也即刻被我旋高了。

后窗的玻璃上丁丁地响，还有许多小飞虫乱撞。不多久，几个进来了，许是从窗纸的破孔进来的。他们一进来，又在玻璃的灯罩上撞得丁丁地响。一个从上面撞进去了，他于是遇到火，而且我以为这火是真的。两三个却休息在灯的纸罩上喘气。那罩是昨晚新换的罩，雪白的纸，折出波浪纹的叠痕，一角还画出一枝猩红色的栀子。

猩红的栀子开花时，枣树又要做小粉红花的梦，青葱地弯成弧形了……我又听到夜半的笑声；我赶紧砍断我的心绪，看那老在白纸罩上的小青虫，头大尾小，向日葵子似的，只有半粒小麦那么大，遍身的颜色苍翠得可爱，可怜。

我打一个呵欠，点起一支纸烟，喷出烟来，对着灯默默地敬奠这些苍翠精致的英雄们。

◎ 聊聊大作家 ◎

　　鲁迅（1881—1936），原名周树人，字豫才，浙江绍兴人。中国现代文学家、思想家，新文化运动的重要参与者，中国现代文学的奠基人。代表作品有小说集《呐喊》《彷徨》，散文诗集《野草》，散文集《朝花夕拾》，杂文集《坟》《热风》《华盖集》等。

◎ 谈谈小散文 ◎

　　《秋夜》是鲁迅的散文诗集《野草》中的一篇，创作于1924年。作者通过描写秋夜的寒凉，通篇运用想象的手法，把枣树、天空、星星、小花、青虫等自然景物人格化，并将自己的情感寄寓其中，勾勒出有着别样意味的秋夜图景。

　　作者用"奇怪而高的天空"、"冷眼"的星星、"夜游的恶鸟"来暗喻当时社会的压抑氛围和对革命者的迫害，而用"极细小的粉红花"、"直刺着奇怪而高的天空"的枣树、"白纸罩上的小青虫"来指代一往无前、信仰坚定、不畏艰难的革命者。前者是作者批判的对象，后者是作者颂扬的对象，两相对比，表现出作者对社会黑恶势力的憎恶，以及对不怕牺牲的革命者的崇敬。

大作家写给孩子的小散文

扫码阅读全文

秋天的况味

◎林语堂

　　秋天的黄昏，一人独坐沙发上抽烟，看烟头白灰之下露出红光，微微透露出暖气，心头的情绪便跟着那蓝烟缭绕而上，一样的轻松，一样的自由。不转眼，缭烟变成缕缕细丝，慢慢不见了，而那霎时，心上的情绪也跟着消沉于大千世界，所以也不讲那时的情绪，只讲那时的情绪的况味。待要再划一根洋火，再点起那已点过三四次的雪茄，却因白灰已积得太多而点不着，乃轻轻地一弹，烟灰就悄悄地落在铜炉上，其静寂如同我此时用毛笔写在纸上一样，一点的声息也没有。于是再点起来，一口一口地吞云吐雾，香气扑鼻，宛如偎红倚翠温香在抱情调。于是想到烟，想到这烟一股温煦的热气，想到室中缭绕暗淡的烟霞，想到秋天的意味。这时才忆起，向来诗文上秋的含义，并不是这样的，使人联想的是肃杀，是凄凉，是秋扇，是红叶，是荒林，是蔓草。

然而秋确有另一意味，没有春天的阳气勃勃，也没有夏天炎烈迫人，也不像冬天之全入于枯槁凋零。我所爱的是秋林古气磅礴气象。有人以老气横秋骂人，可见是不懂得秋林古色之滋味。在四时中，我于秋是有偏爱的，所以不妨说说。秋是代表成熟，对于春天之明媚娇艳，夏日的茂密浓深，都是过来人，不足为奇了，所以其色淡，叶多黄，有古色苍茏之概，不单以葱翠争荣了。这是我所谓秋天的意味。大概我所爱的不是晚秋，是初秋，那时暄气初消，月正圆，蟹正肥，桂花皎洁，也未陷入凛冽萧瑟气态，这是最值得赏乐的。那时的温和，如我烟上的红灰，只是一股熏熟的温香罢了。或如文人已排脱下笔惊人的格调，而渐趋纯熟练达，宏毅坚实，其文读来有深长意味。这就是庄子所谓"正得秋而万宝成"结实的意义。在人生上最享乐的就是这一类的事。比如酒以醇以老为佳？烟也有和烈之辨。雪茄之佳者，远胜于香烟，因其意味较和。倘是烧得得法，慢慢地吸完一支，看那红光炙发，有无穷的意味。大概凡是古老、纯熟、熏黄、熟练的事物，都使我得到同样的愉快。或如一本用过二十年而尚未破烂的字典，或是一张用了半世的书桌，或如看见街上一块熏黑了老气横秋的招牌，或是看见书法大家苍劲雄浑的笔迹，都令人有相同的快乐。人生世上如岁月之有四时，必须要经过这纯熟时期，如女人发育健全遭遇安顺的，亦必有一时徐娘半老的风韵，为二八佳人所不及者。使我最佩服的是邓肯的佳句："世人只会吟咏春天与恋爱，真无道理。须知秋天的景色，更华丽，更恢奇，而秋天的快乐有万倍的雄壮、惊奇、都丽。我真可怜那些妇女识见偏狭，使她们错过爱之秋天的宏大的赠赐。"若邓肯者，可谓识趣之人。

（文字有改动）

聊聊大作家

林语堂（1895—1976），福建龙溪（今漳州）人，中国现代著名学者、作家。林语堂一生著作甚丰，他的文学创作成就，主要集中在散文和小说方面。代表作品有散文集《吾国与吾民》等，小说《风声鹤唳》《京华烟云》，传记《苏东坡传》等。

谈谈小散文

《秋天的况味》是林语堂的散文名篇。这篇散文写于1941年，当时林语堂正进入"如初秋"一般的中年阶段，在品赏初秋之际，抒写对秋天的与众不同的理解和对人生之"秋"的领悟。

全文围绕作者手边的烟展开，串联起对秋的诸多感受。文章开头，通过一段对香烟烟气的描写，营造出宁静、淡泊的秋天气氛。借着轻烟热气"想到秋天的意味"，巧妙引出了作者心中无限的遐想和对秋天的感悟。作者将秋与其他三季对比，写出对秋古气磅礴的感受。接着作者用"那时的温和，如我烟上的红灰"等比喻和描写，写出了初秋美的特点，突出秋的温和、成熟与稳重。之后作者沉浸在秋所营造的意境中，慢慢品味。最后作者感叹世人常在意春却总忘记秋的"华丽、恢奇"，引用邓肯的话语更是点睛之笔，再次强调了主题。

文章以烟写秋，构思精巧，又联想丰富、喻义新奇，文字笔调闲适，平添了几分灵气，也寄寓了作者对生命独特的认识和顿悟。

扫码阅读全文

我愿秋常驻人间

◎庐隐

提到秋，谁都不免有一种凄迷哀凉的色调，浮上心头；更试翻古往今来的骚人、墨客，在他们的歌咏中，也都把秋染上凄迷哀凉的色调，如李白的《秋思》："……天秋木叶下，月冷莎鸡悲。坐愁群芳歇，白露凋华滋。"柳永的《雪梅香辞》："景萧索，危楼独立面晴空，动悲秋情绪，当时宋玉应同。"周密的《声声慢》："……对西风、休赋登楼，怎去得，怕凄凉时节，团扇悲秋。"

这种凄迷哀凉的色调，便是美的元素，这种美的元素只有"秋"才有。也只有在"秋"的季节中，人们才体验得出，因为一个人在感官被极度的刺激和压轧的时候，常会使心头麻木。故在盛夏闷热时，或在严冬苦寒中，心灵永远如虫类的蛰伏。等到一声秋风吹到人间，也正等于一声春雷，震动大地，把一些僵木的灵魂如虫类般地唤醒了。

灵魂既经苏醒，灵的感官便与世界万汇相接触了。于是见到阶前落叶萧萧下，而联想到不尽长江滚滚来，更因其特别自由敏感的神经，而感到不尽的长江是千古常存，而倏忽的生命，譬诸昙花一现。于是悲来填膺，愁绪横生。

这就是提到秋，谁都不免有一种凄迷哀凉的色调，浮上心头的原因了。

其实秋是具有极丰富的色彩，极活泼的精神的，它的一切现象，并不像敏感的诗人墨客所体验的那种凄迷哀凉。

当霜薄风清的秋晨，漫步郊野，你便可以看见如火般的颜色染在枫林、柿丛和浓紫的颜色泼满了山巅天际，简直是一个气魄伟大的画家的大手笔，任意趣之所之，勾抹涂染，自有其雄伟的丰姿，又岂是纤细的春景所能望其项背？

至于秋风的犀利，可以洗尽积垢，秋月的明澈，可以照烛幽微，秋是又犀利又潇洒，不拘不束的一位艺术家的象征。这种色调，实可以苏醒现代困闷人群的灵魂，因此我愿秋常驻人间！

◎ 聊聊大作家 ◎

庐隐(1899—1934),原名黄淑仪,又名黄英,笔名"庐隐",有隐去庐山真面目的意思,福建福州人。中国现代女作家,与冰心、林徽因并称"福州三大才女"。代表作品有小说《海滨故人》《归雁》《象牙戒指》等。

◎ 谈谈小散文 ◎

《我愿秋常驻人间》是庐隐的写秋名篇。文章追溯了古往今来的文人墨客在诗词歌赋里所传达的"凄迷哀凉的色调"和"愁绪横生",之后却反其道而行之,赞扬了秋的丰富色彩,寄托了作者想要唤醒当时人困闷灵魂的愿望。

文章开篇直言"提到秋,谁都不免有一种凄迷哀凉的色调",接着引用李白、柳永等人的诗词,引入"悲秋伤秋"的传统。作者论述了这种色调正是"美的元素",因为太冷太热都会使人心灵麻木,只有秋才能使人的感官与世界接触、融通。在此基础上,作者进一步提出秋在调动人的感受上其实并不止"凄迷哀凉",凭借它丰富的色彩和秋风的犀利,足可以唤醒僵木的灵魂,由此升华了"论秋"的主题,自然得出"我愿秋常驻人间"的观点。

全文立意独特,融感悟与议论于一体,富有浓厚的文化气息,传达出作者独特的感受,以及期待现实中民众觉醒的思想观照。

扫码阅读全文

济南的秋天

◎老舍

济南的秋天是诗境的。设若你的幻想中有个中古的老城，有睡着了的大城楼，有狭窄的古石路，有宽厚的石城墙，环城流着一道清溪，倒映着山影，岸上蹲着红袍绿裤的小妞儿。你的幻想中要是这么个境界，那便是个济南。设若你幻想不出——许多人是不会幻想的——请到济南来看看吧。

请你在秋天来。那城，那河，那古路，那山影，是终年给你预备着的。可是，加上济南的秋色，济南由古朴的画境转入静美的诗境中了。这个诗意秋光秋色是济南独有的。上帝把夏天的艺术赐给

14

大作家写给孩子的小散文

瑞士，把春天的艺术赐给西湖，秋和冬的艺术全赐给了济南。秋和冬是不好分开的，秋睡熟了一点便是冬，上帝不愿意把它忽然唤醒，所以做个整人情，连秋带冬全给了济南。

诗的境界中必须有山有水。那么，请看济南吧。那颜色不同，方向不同，高矮不同的山，在秋色中便越发地不同了。以颜色说吧，山腰中的松树是青黑的，加上秋阳的斜射，那片青黑便多出些比灰色深，比黑色浅的颜色，把旁边的黄草盖成一层灰中透黄的阴影。山脚是镶着各色条子的，一层层的，有的黄，有的灰，有的绿，有的似乎是藕荷色儿。山顶上的色儿也随着太阳的转移而不同。山顶的颜色不同还不重要，山腰中的颜色不同才真叫人想作几句诗呢。山腰中的颜色是永远在那儿变动，特别是在秋天，那阳光能够忽然清凉一会儿，忽然又温暖一会儿，这个变动并不激烈，可是山上的颜色觉得出这个变化，而立刻随着变换。忽然黄色更真了一些，

忽然又暗了一些，忽然像有层看不见的薄雾在那儿流动，忽然像有股细风替"自然"调合着彩色，轻轻地抹上一层各色俱全而又具淡美的色道儿。有这样的山，再配上那蓝的天，晴暖的阳光；蓝得像要由蓝变绿了，可又没完全绿了；晴暖得要发燥了，可是有点凉风，正像诗一样的温柔；这便是济南的秋。况且因为颜色的不同，那山的高低也更显然了。高的更高了些，低的更低了些，山的棱角曲线在晴空中更真了，更分明了，更瘦硬了。看山顶上那个塔！

再看水。以量说，以质说，以形式说，哪儿的水能比济南？有泉——到处是泉——有河，有湖，这是由形式上分。不管是泉是河是湖，全是那么清，全是那么甜，哎呀，济南是"自然"的 Sweet Heart 吧？大明湖夏日的莲花，城河的绿柳，自然是美好的了。可是看水，是要看秋水的。济南有秋山，又有秋水，这个秋才算个秋，因为秋神是在济南住家的。先不用说别的，只说水中的绿藻吧。那份儿绿色，除了上帝心中的绿色，恐怕没有别的东西能比拟的。这种鲜绿全借着水的清澄显露出来，好像美人借着镜子鉴赏自己的美。是的，这些绿藻是自己享受那水的甜美呢，不是为谁看的。它们知道它们那点绿的心事，它们终年在那儿吻着水皮，做着绿色的香梦。淘气的鸭子，用黄金的脚掌碰它们一两下。浣女的影儿，吻它们的绿叶一两下。只有这个，是它们的香甜的烦恼。羡慕死诗人呀！

在秋天，水和蓝天一样的清凉。天上微微有些白云，水上微微有些波皱。天水之间，全是清明，温暖的空气，带着一点桂花的香味。山影儿也更真了。秋山秋水虚幻地吻着。山儿不动，水儿微响。那中古的老城，带着这片秋色秋声，是济南，是诗。要知济南的冬日如何，且听下回分解。

（文字有改动）

🌀 聊聊大作家 🌀

老舍（1899—1966），原名舒庆春，字舍予，北京人。中国现代作家，是新中国第一位获得"人民艺术家"称号的作家。代表作品有小说《骆驼祥子》《四世同堂》，话剧《茶馆》《龙须沟》等。

🌀 谈谈小散文 🌀

《济南的秋天》是老舍的写景散文名篇。全文通过诗意的表达，描写了作者"第二故乡"济南的秋天，给人以美的享受，饱含作者对济南的热爱与深情。

作者开篇写幻想中的济南"古朴、静美"，充满着赞美和陶醉之情。接着选取"你"作为倾诉对象，侃侃而谈济南的美景。作者说上帝将秋和冬赐给了济南，并以瑞士的夏、西湖的春作比，衬托出济南秋天的好。在主体部分，作者抓住济南秋的特征，综合运用比喻、拟人等多种手法，写出济南秋天山、水、风等各自不同的美，写出了诗情画意，寄寓着作者对济南的丰富感情。"秋山秋水虚幻地吻着"和"是济南，是诗"正是这种诗情画意的浓缩。

文章脉络清晰，层次分明，善于运用比喻、拟人等多种修辞手法，描绘出了济南秋天的美好、灵气和活力。

大作家写给孩子的小散文

故都的秋

◎郁达夫

扫码阅读全文

　　不逢北国之秋，已将近十余年了。在南方每年到了秋天，总要想起陶然亭的芦花，钓鱼台的柳影，西山的虫唱，玉泉的夜月，潭柘寺的钟声。在北平即使不出门去罢，就是在皇城人海之中，租人家一椽破屋来住着，早晨起来，泡一碗浓茶，向院子一坐，你也能看得到很高很高的碧绿的天色，听得到青天下驯鸽的飞声。从槐树叶底，朝东细数着一丝一丝漏下来的日光，或在破壁腰中，静对着像喇叭似的牵牛花（朝荣）的蓝朵，自然而然地也能够感觉到十分的秋意。说到了牵牛花，我以为以蓝色或白色者为佳，紫黑色次之，淡红色最下。最好，还要在牵牛花底，教长着几根疏疏落落的尖细且长的秋草，使作陪衬。

　　北国的槐树，也是一种能使人联想起秋来的点缀。像花而又不是花的那一种落蕊，早晨起来，会铺得满地。脚踏上去，声音也没有，气味也没有，只能感出一点点极微细极柔软的触觉。扫街的在树影下一阵扫后，灰土上留下来的一条条扫帚的丝纹，看起来既觉得细腻，又觉得清闲，潜意识下并且还觉得有点儿落寞，古人所说的梧桐一叶而天下知秋的遥想，大约也就在这些深沉的地方。

秋蝉的衰弱的残声，更是北国的特产；因为北平处处全长着树，屋子又低，所以无论在什么地方，都听得见它们的啼唱。在南方是非要上郊外或山上去才听得到的。这秋蝉的嘶叫，在北平可和蟋蟀耗子一样，简直像是家家户户都养在家里的家虫。

还有秋雨哩，北方的秋雨，也似乎比南方的下得奇，下得有味，下得更像样。

在灰沉沉的天底下，忽而来一阵凉风，便息列索落地下起雨来了。一层雨过，云渐渐地卷向了西去，天又青了，太阳又露出脸来了；穿着很厚的青布单衣或夹袄的都市闲人，咬着烟管，在雨后的斜桥影里，上桥头树底下去一立，遇见熟人，便会用了缓慢悠闲的声调，微叹着互答着地说：

"唉，天可真凉了——"（这"了"字念得很高，拖得很长）

"可不是吗？一层秋雨一层凉了！"

北方人念"阵"字，总老像是"层"字，平平仄仄起来，这念错的歧韵，倒来得正好。

北方的果树，到秋来，也是一种奇景。第一是枣子树；屋角，墙头，茅房边上，灶房门口，它都会一株株地长大起来。像橄榄又像鸽蛋似的这枣子颗儿，在小椭圆形的细叶中间，显出淡绿微黄的颜色的时候，正是秋的全盛时期；等枣树叶落，枣子红完，西北风就要起来了，北方便是尘沙灰土的世界，只有这枣子，柿子，葡萄，成熟到八九分的七八月之交，是北国的清秋的佳日，是一年之中最好也没有的 Golden Days。

有些批评家说，中国的文人学士，尤其是诗人，都带着很浓厚的颓废色彩，所以中国的诗文里，颂赞秋的文字特别地多。但外国的诗人，又何尝不然？我虽则外国诗文念得不多，也不想开出账来，做一篇秋的诗歌散文钞，但你若去一翻英德法意等诗人的集子，或各国的诗文的 Anthology 来，总

能够看到许多关于秋的歌颂与悲啼。各著名的大诗人的长篇田园诗或四季诗里，也总以关于秋的部分，写得最出色而最有味。足见有感觉的动物，有情趣的人类，对于秋，总是一样地能特别引起深沉、幽远、严厉、萧索的感触来的。不单是诗人，就是被关闭在牢狱里的囚犯，到了秋天，我想也一定会感到一种不能自已的深情；秋之于人，何尝有国别，更何尝有人种阶级的区别呢？不过在中国，文字里有一个"秋士"的词语，读本里又有着很普遍的欧阳子的《秋声》与苏东坡的《赤壁赋》等，就觉得中国的文人，与秋的关系特别深了。可是这秋的深味，尤其是中国的秋的深味，非要在北方，才感受得到的。

南国之秋，当然是也有它的特异的地方的，譬如廿四桥的明月、钱塘江的秋潮、普陀山的凉雾、荔枝湾的残荷，等等，可是色彩不浓，回味不永。比起北国的秋来，正像是黄酒之于白干，稀饭之于馍馍，鲈鱼之于大蟹，黄犬之于骆驼。

秋天，这北国的秋天，若留得住的话，我愿把寿命的三分之二折去，换得一个三分之一的零头。

（节选，文字有删改）

◎ 聊聊大作家 ◎

郁达夫（1896—1945），名文，字达夫，浙江富阳（今杭州市富阳区）人。中国现代作家、革命烈士。新文学团体"创造社"发起人之一，积极参与抗日救国，1945年为国殉难，1952年被追封为烈士。代表作品有散文集《故都的秋》，小说集《春风沉醉的晚上》等。

◎ 谈谈小散文 ◎

《故都的秋》是郁达夫的一篇写秋名作。作为南方人的郁达夫，并未久居北平，但对北平一往情深，1934年，郁达夫从杭州去北平，写下了本文。

全文描绘了一幅极具北方个性的故都秋景图，也反映了身为革命志士的作者在大革命失败后消极与积极情绪的纠结斗争。作者首先从"陶然亭的芦花，钓鱼台的柳影"这些北平标志性的秋色入手，用大段文字如数家珍般直言种种北国秋景，将秋意表现得淋漓尽致，直抒作者对故都秋天的眷念和喜爱之情。接下来，作者写了"秋花""秋槐""秋蝉""秋雨"和"秋果"等景色。然后，由景色转入对"故都"的独特体悟与中外名士对秋的"歌颂与悲啼"，打通了历史和地域的界限，传达出了知识分子在时局下的复杂情绪。最后作者直言对北国之秋的喜爱，实在是因为北国之秋带给作者太多感触。

全文结构清晰、层次分明，写景、抒情和议论融为一体，富有浓郁的文士气息。作者所写不仅是故都的秋，更是作者人生态度之"秋"。

第十章 寒冬腊月

冬天

◎朱自清

　　说起冬天，忽然想到豆腐。是一"小洋锅"（铝锅）白煮豆腐，热腾腾的。水滚着，像好些鱼眼睛，一小块一小块豆腐养在里面，嫩而滑，仿佛反穿的白狐大衣。锅在"洋炉子"（煤油不打气炉）上，和炉子都熏得乌黑乌黑，越显出豆腐的白。这是晚上，屋子老了，虽点着"洋灯"，也还是阴暗。围着桌子坐的是父亲跟我们哥儿三个。"洋炉子"太高了，父亲得常常站起来，微微地仰着脸，觑着眼睛，从氤氲的热气里伸进筷子，夹起豆腐，一一地放在我们的酱油碟里。我们有时也自己动手，但炉子实在太高了，总还是坐享其成的多。这并不是吃饭，只是玩儿。父亲说晚上冷，吃了大家暖和些。我们都喜欢这种白水豆腐；一上桌就眼巴巴望着那锅，等着那热气，等着热气里从父亲筷子上掉下来的豆腐。

　　又是冬天，记得是阴历十一月十六晚上，跟 S 君 P

君在西湖里坐小划子。S君刚到杭州教书，事先来信说："我们要游西湖，不管它是冬天。"那晚月色真好，现在想起来还像照在身上。本来前一晚是"月当头"；也许十一月的月亮真有些特别吧。那时九点多了，湖上似乎只有我们一只划子。有点风，月光照着软软的水波；当间那一溜儿反光，像新砑的银子。湖上的山只剩了淡淡的影子。山下偶尔有一两星灯火。S君口占两句诗道："数星灯火认渔村，淡墨轻描远黛痕。"我们都不大说话，只有均匀的桨声。我渐渐地快睡着了。P君"喂"了一下，才抬起眼皮，看见他在微笑。船夫问要不要上净寺去；是阿弥陀佛生日，那边蛮热闹的。到了寺里，殿上灯烛辉煌，满是佛婆念佛的声音，好像醒了一场梦。这已是十多年前的事了，S君还常常通着信，P君听说转变了好几次，前年是在一个特税局里收特税了，以后便没有消息。

在台州过了一个冬天，一家四口子。台州是个山城，可以说在一个大谷里。只有一条二里长的大街。别的路上白天简直不大见人；晚上一片漆黑。偶尔人家窗户里透出一点灯光，还有走路的拿着的火把；但那是少极了。我们住在山脚下。有的是山上松林里的风声，跟天上一只两只的鸟影。夏末到那里，春初便走，却好像老在过着冬天似的；可是即便真冬天也并不冷。我们住在楼上，书房临着大路；路上有人说话，可以清清楚楚地听见。但因为走路的人太少了，间或有点说话的声音，听起来还只当远风送来的，想不到就在窗外。我们是外路人，除上学校去之外，常只在家里坐着。妻也惯了那寂寞，只和我们爷儿们守着。外边虽老是冬天，家里却老是春天。有一回我上街去，回来的时候，楼下厨房的大方窗开着，并排地挨着她们母子三个；三张脸都带着天真微笑地向着我。似乎台州空空的，只有我们四人；天地空空的，也只有我们四人。那时是民国十年，妻刚从家里出来，满自在。现在她死了快四年了，我却还老记着她那微笑的影子。

无论怎么冷，大风大雪，想到这些，我心上总是温暖的。

🌀 聊聊大作家 🌀

朱自清（1898—1948），原名朱自华，字佩弦，原籍浙江绍兴，生于江苏东海，后定居江苏扬州。中国散文家、诗人、古典文学学者。其作品被誉为"白话美术文的模范"。代表散文作品有《桨声灯影里的秦淮河》《荷塘月色》等。

🌀 谈谈小散文 🌀

《冬天》是朱自清的一篇抒情散文。这篇散文写于1933年冬，作者因为怀念家人亲朋，提笔写下了本文，道尽了人间真情和家庭温暖的可贵，感情真挚而富有感染力。

统观全文，作者以画面绘冬情，选取了三幅相互独立但又相似的场景：第一幅，父子围坐吃白水煮豆腐；第二幅，冬夜与友人西湖泛舟；第三幅，一家人在台州过了一个幸福的冬天。三个场景贴近生活，白描式的叙事更让人觉得亲切和真实。在这三个场景中，"情"是贯穿前后的主题，虽有人和事的不同，但都洋溢着亲情、友情和爱情的暖意。作者心中的暖意与自然界的冬天形成对比，以冬冷衬托出情暖，"想到这些，我心上总是温暖的"，更是直接点明主旨。

全文贴近生活、清新自然，包含人间真情，沁人心脾。朴素洁净的文字、亲切自然的场景、感人肺腑的真情，正是朱自清散文的几大特点，也是让读者感动、共鸣之所在。

扫码阅读全文

冬日抒情

◎郁风

冬天是透明的。

透过稀疏的树枝可以看到湖上的冰雪，看到远山和村庄，看到像蚂蚁那么小的一串行人。冬天就像它结成的冰那样透明，像 X 射线可以透视人体的骨骼，冬天可以使人透视宇宙的心脏。

冬天使人清醒。

一个朋友告诉我一个海外游子的故事：他是个音乐家，多年前由于不得已的原因，去了新加坡；后来担任了一个乐队的第一提琴手，并把家属接了去。以后他每年冬天都要独自回国一次，他说就是为了要呼吸一下祖国的冬天的凉气，那使他浑身舒适、头脑清醒的凉气。

因此我也想到南国的冬天，去年此时我正在广州，在那满是绿叶覆盖的丛林中，我发现有一种无叶的树，枯枝上面开出火红的花，而那花朵是由一串像尖尖的红

辣椒似的花瓣组成的。我惊喜地向本地人打听，原来它叫象牙红，只在春节前后才有红花，过了严冬就长满树叶了。过去在诗画中都未见象牙红，最近出版的诗集《龙胆紫集》，是李锐同志在"四人帮"迫害下蹲监狱时用龙胆紫药水写下的。赵朴初同志读后赠作者一首词中，有一联对仗非常工整的句子：

血凝龙胆紫

花发象牙红

巧妙还不在于对仗工整，如果你能看到那高大的扭曲伸展的枯枝上开出火红花朵（其实不是花朵，可能是果实）的象牙红树的形象，你就更能体会"花发"与"血凝"的对立和联系了。

冬天的水仙也是很美的，然而它的性格和象牙红恰好相反，它必须在温室中，必须不多不少的水分和阳光，才能保持冰肌雪骨，像凌波仙子那样亭亭玉立！在很短的生命中，一旦失去照顾便萎谢了。

水仙开过，冬天就快要过去了。湖边的冰开始解冻了，老于经验的人却知道湖中心的冰有二尺多厚，一时化不了。可岸边已闪亮着水光，看不清哪里是结实的冰，哪里是薄冰上漂着水，要走到湖中心，必须先从岸边走起。孩子们被吸引着比赛试履薄冰的胆量，冰上发出嘎吱嘎吱的响声，一个、两个、三个……走过去了，发出胜利的欢笑。

"冬天来了，春天还会远吗？"这句名诗几十年来不断被人引用，无非是象征着希望。然而，自然的规律，时间的循序是必然的；人间的规律虽也有必然性，却可迟可早。在这透明的冬天里，人们可以用清醒的头脑，认清脚下的路，但还得一步一步地走，躺着不动或再走弯路，都会推迟希望的实现。

◎ 聊聊大作家 ◎

郁风（1916—2007），原籍浙江富阳，出生于北京，中国著名画家、美术评论家、散文家。散文集有《我的故乡》《急转的陀螺》《时间的切片》《陌上花》《美比历史更真实》，编有《郁曼陀陈碧岑诗抄》《郁达夫海外文集》等。

◎ 谈谈小散文 ◎

《冬日抒情》是郁风的一篇哲理散文。作者以文人画士的"多愁善感"，选取了与"冬日"有关的人、事、物，在写冬的同时，表达了面对人生中的"冬天"要有坚持和抗争的精神。

开篇作者即说"冬天是透明的"，一语双关，不仅是说冬天的天气特征，也指这种透明带来的深邃意境，为下文的哲理议论做铺垫。"看到远山和村庄，看到像蚂蚁那么小的一串行人"，正是"自然透明"的写照；"冬天可以使人透视宇宙的心脏"，正是"哲理透明"的内涵。接着作者写冬天使人清醒，通过海外游子的故事和自己的回忆，写出了对祖国的炽烈热爱。接下来作者由象牙红引出水仙，进而以水仙的开放写出"冬天来了，春天还会远吗？"的哲思。

这篇散文因景抒情、情寓景中，寓意深刻而富有感召力，既表现了冬天文人的闲情雅趣，更体现了一种凝重而深邃的思想。

大作家写给孩子的小散文

扫码阅读全文

济南的冬天

◎老舍

对于一个在北平住惯的人，像我，冬天要是不刮大风，便是奇迹；济南的冬天是没有风声的。对于一个刚由伦敦回来的人，像我，冬天要能看得见日光，便是怪事；济南的冬天是响晴的。自然，在热带的地方，日光是永远那么毒，响亮的天气反有点叫人害怕。可是，在北中国的冬天，而能有温晴的天气，济南真得算个宝地。

设若单单是有阳光，那也算不了出奇。请闭上眼想：一个老城，有山有水，全在蓝天下很暖和安适地睡着；只等春风来把它们唤醒，这是不是个理想的境界？

小山整把济南围了个圈儿，只有北边缺着点口儿。这一圈小山在冬天特别可爱，好像是把济南放在一个小摇篮里，它们全安静不动地低声地说：你们放心吧，这儿准保暖和。真的，济南的人们在冬天是面上含笑的。他们一看那些小山，心中便觉得有了着落，有了依靠。

他们由天上看到山上，便不觉地想起：明天也许就是春天了吧？这样的温暖，今天夜里山草也许就绿起来了吧？就是这点幻想不能一时实现，他们也并不着急，因为有这样慈善的冬天，干啥还希望别的呢！

最妙的是下点小雪呀。看吧，山上的矮松越发地青黑，树尖上顶着一髻儿白花，像些小日本看护妇。山尖全白了，给蓝天镶上一道银边。山坡上有的地方雪厚点，有的地方草色还露着，这样，一道儿白，一道儿暗黄，给山们穿上一件带水纹的花衣；看着看着，这件花衣好像被风儿吹动，叫你希望看见一点更美的山的肌肤。等到快日落的时候，微黄的阳光斜射在山腰上，那点薄雪好像忽然害了羞，微微露出点粉色。就是下小雪吧，济南是受不住大雪的，那些小山太秀气。

古老的济南，城内那么狭窄，城外又那么宽敞，山坡上卧着些小村庄，小村庄的房顶上卧着点雪，对，这是张小水墨画，或者是唐代的名手画的吧。

那水呢，不但不结冰，反倒在绿藻上冒着点热气。水藻真绿，把终年贮蓄的绿色全拿出来了。天儿越晴，水藻越绿，就凭这些绿的精神，水也不忍得冻上；况且那长枝的垂柳还要在水里照个影儿呢。看吧，由澄清的河水慢慢往上看吧，空中，半空中，天上，自上而下全是那么清亮，那么蓝汪汪的，整个的是块空灵的蓝水晶。这块水晶里，包着红屋顶，黄草山，像地毯上的小团花的小灰色树影。这就是冬天的济南。

树虽然没有叶儿，鸟儿可并不偷懒，看在日光下张着翅叫的百灵们。山东人是百灵鸟的崇拜者，济南是百灵的国。家家处处听得到它们的歌唱；自然，小黄鸟儿也不少，而且在百灵国内也很努力地唱。还有山喜鹊呢，成群的在树上啼，扯着浅蓝的尾巴飞。树上虽没有叶，有这些羽翎装饰着，也倒有点像西洋美女。坐在河岸上，看着它们在空中飞，听着溪水活活地流，要睡了，还是有催眠力的；不信你就试试；睡吧，决冻不着你。要知后事如何，我自己也不知道。

（文字有改动）

⊙ 聊聊大作家 ⊙

老舍（1899—1966），原名舒庆春，字舍予，北京人。中国现代作家，是新中国第一位获得"人民艺术家"称号的作家。代表作品有小说《骆驼祥子》《四世同堂》，话剧《茶馆》《龙须沟》等。

⊙ 谈谈小散文 ⊙

《济南的冬天》是老舍的散文代表作，与《济南的秋天》是姊妹篇。作者以自己的亲身感受描绘出了济南冬天别有的风味，寄寓了作者对祖国河山真挚的热爱之情。

作者开篇将济南和北平、伦敦作对比，得出"济南真得算个宝地"的结论，表达了作者对济南的喜爱与赞美，为下文描写济南的冬天定下基调。接着作者分别写济南的山、"最妙的是下点小雪"、济南的水等，如同迷人的水墨画一样徐徐展开。"山围城"写出了济南冬天暖和的特点；"雪之妙"表现出济南冬天秀美的特点；"水之绿"写出了济南冬天的生气和活力……作者绘山景，描水色，寓情于景，又多有直抒胸臆之处，表达了对济南冬天的无限热爱。

老舍先生是语言大师，行文幽默自然，用词贴切。全文采用了拟人、衬托、联想等多种修辞手法和表现方法，描绘了如诗如画的济南冬天美景，是不可多得的写景名篇。

大作家写给孩子的小散文

扫码阅读全文

白马湖之冬

◎夏丏尊

在我过去四十余年的生涯中，冬的情味尝得最深刻的，要算十年前，初移居白马湖的时候了。十年以来，白马湖已成了一个小村落，当我移居的时候，还是一片荒野。春晖中学的新建筑巍然矗立于湖的那一面，湖的这一面的山脚下是小小的几间新平屋，住着我和刘君心如两家。此外两三里内没有人烟。一家人于阴历十一月下旬从热闹的杭州移居这荒凉的山野，宛如投身于极带中。

那里的风，差不多日日有的，呼呼作响，好像虎吼。屋宇虽系新建，构造却极粗率，风从门窗隙缝中来，分外尖削，把门缝窗隙厚厚地用纸糊了，缝中却仍有透入。风刮得厉害的时候，天未夜就把大门关上，全家吃毕夜饭即睡入被窝里，静听寒风的怒号，湖水的澎湃。靠山的小后轩，算是我的书斋，在全屋子中风最小的一间，我常把头上的罗宋帽拉得低低地，在洋灯下工作至夜深。

松涛如吼，霜月当窗，饥鼠吱吱在积尘上奔窜。我于这种时候深感到萧瑟的诗趣，常独自拨划着炉灰，不肯就睡，把自己拟诸山水画中的人物，作种种幽邈的遐想。

现在白马湖到处都是树木了，时尚树木一株都未种。月亮与太阳都是整个儿的，从上山起直要照到下山为止。太阳好的时候，只要不刮风，那真和暖得不像冬天。一家人都坐在庭间曝日，甚至于吃午饭也在屋外。像夏天的晚饭一样。日光晒到哪里，就把椅凳移到哪里，忽然寒风来了，只好逃难似的各自带了椅凳逃入室中，急急把门关上。在平常的日子，风来大概在下午快要傍晚的时候，半夜即息。至于大风寒，那是整日夜狂吼，要二三日才止的。最严寒的几

大作家写给孩子的小散文

天，泥地看去惨白如水门汀，山色冻得发紫而黯，湖波泛深蓝色。

下雪原是我所不憎厌的，下雪的日子，室内分外明亮，晚上差不多不用燃灯。远山积雪足供半个月的观看，举头即可从窗中望见。可是究竟是南方，每冬下雪不过一二次。我在那里所日常领略的冬的情味，几乎都从风来。白马湖的所以多风，可以说有着地理上的原因。那里环湖都是山，而北首却有一个半里阔的空隙，好似故意张了袋口欢迎风来的样子。白马湖的山水和普通的风景地相差不远，唯有风却与别的地方不同。风的多和大，凡是到过那里的人都知道的。风在冬季的感觉中，自古占着重要的因素。而白马湖的风尤其特别。

现在，一家僦居上海多日，偶然于夜深人静时听到风声，大家就要提起白马湖来，说"白马湖不知今夜又刮得怎样厉害哩！"

◎ 聊聊大作家 ◎

夏丏尊(1886—1946)，名铸，字勉旃，浙江上虞（今绍兴市上虞区）人。中国现代作家、出版家，"白马湖作家群"领袖人物。代表作品有译作《爱的教育》，散文集《平屋杂文》等。

◎ 谈谈小散文 ◎

《白马湖之冬》是夏丏尊的散文名篇。作者描写了白马湖冬天的景色，抒发了对白马湖的喜爱和思念之情。文中所写白马湖在浙江上虞境内，1922年教育家经亨颐在白马湖畔创建了著名的春晖中学，作者夏丏尊曾在此任教，而他当时的住处"平屋"距离春晖中学不远。

开篇作者介绍了移居白马湖后的居住环境，虽然"两三里内没有人烟"，"宛如投身于极带中"，但营造出了文人雅士所情有独钟的氛围。全篇以"风"为中心，层层渲染了白马湖冬天的寒风。首先是风多，"差不多日日有的"；其次是风大，"呼呼作响，好像虎吼"，夜晚家居生活细致体现了这一点；再次是风寒，作者通过自己和家人的感受传神地写出风的刺骨、凛冽。最后作者从白马湖地区的特殊地形总结出了"白马湖的风尤其特别"。

全文语言平淡朴素、明朗自然，运用了白描、衬托等手法，角度新奇，表现出一种特别的冬日情趣。

江南的冬景

◎郁达夫

冬至过后，大江以南的树叶，也不至于脱尽。寒风——西北风间或吹来，至多也不过冷了一日两日。到得灰云扫尽，落叶满街，晨霜白得像黑女脸上的脂粉似的清早，太阳一上屋檐，鸟雀便又在吱叫，泥地里便又放出水蒸气来，老翁小孩就又可以上门前的隙地里去坐着曝背谈天，营屋外的生涯了；这一种江南的冬景，岂不也可爱得很吗？

我生长江南，儿时所受的江南冬日的印象，铭刻特深；虽则渐入中年，又爱上了晚秋，以为秋天正是读读书、写写字的人的最惠节季，但对于江南的冬景，总觉得是可以抵得过北方夏夜的一种特殊情调，说得摩登些，便是一种明朗的情调。

我也曾到过闽粤，在那里过冬天，和暖原极和暖，有时候到了阴历的年边，说不定还不得不拿出纱衫来着；

走过野人的篱落，更还看得见许多杂七杂八的秋花！一番阵雨雷鸣过后，凉冷一点；至多也只好换上一件夹衣，在闽粤之间，皮袍棉袄是绝对用不着的；这一种极南的气候异状，并不是我所说的江南的冬景，只能叫它作南国的长春，是春或秋的延长。

江南的地质丰腴而润泽，所以含得住热气，养得住植物；因而长江一带，芦花可以到冬至而不败，红叶亦有时候会保持得三个月以上的生命。像钱塘江两岸的乌桕树，则红叶落后，还有雪白的桕子着在枝头，一点一丛，用照相机照将出来，可以乱梅花之真。草色顶多成了赭色，根边总带点绿意，非但野火烧不尽，就是寒风也吹不倒的。若遇到风和日暖的午后，你一个人肯上冬郊去走走，则青天碧落之下，你不但感不到岁时的肃杀，

大作家写给孩子的小散文

并且还可以饱觉着一种莫名其妙的含蓄在那里的生气；"若是冬天来了，春天也总马上会来"的诗人的名句，只有在江南的山野里，最容易体会得出。

江南河港交流，且又地滨大海，湖沼特多，故空气里时含水分；到得冬天，不时也会下着微雨，而这微雨寒村里的冬霖景象，又是一种说不出的悠闲境界。你试想想，秋收过后，河流边三五家人家会聚在一道的一个小村子里，门对长桥，窗临远阜，这中间又多是树枝槎桠的杂木树林；在这一幅冬日农村的图上，再洒上一层细得同粉也似的白雨，加上一层淡得几不成墨的背景，你说还够不够悠闲？若再要点些景致进去，则门前可以泊一只乌篷小船，茅屋里可以添几个喧哗的酒客，天垂暮了，还可以加一味红黄，在茅屋窗中画上一圈暗示着灯光的月晕。人到了这一个境界，自然会得胸襟洒脱起来，终至于得失俱亡，死生不问了；我

们总该还记得唐朝那位诗人作的"暮雨潇潇江上村"的一首绝句罢？诗人到此，连对绿林豪客都客气起来了，这不是江南冬景的迷人又是什么？

　　一提到雨，也就必然地要想到雪；"晚来天欲雪，能饮一杯无？"自然是江南日暮的雪景。"寒沙梅影路，微雪酒香村"，则雪月梅的冬宵三友，会合在一道，在调戏酒姑娘了。"柴门村犬吠，风雪夜归人"，是江南雪夜，更深人静后的景况。"前村深雪里，昨夜一枝开"，又到了第二天的早晨，和狗一样喜欢弄雪的村童来报告村景了。诗人的诗句，也许不尽是在江南所写，而作这几句诗的诗人，也许不尽是江南人，但假了这几句诗来描写江南的雪景，岂不直截了当，比我这一枝愚劣的笔所写的散文更美丽得多？

　　　　　　　　　　　　（节选，文字有删改）

44

大作家写给孩子的小散文

◎ 聊聊大作家 ◎

郁达夫（1896—1945），名文，字达夫，浙江富阳（今杭州市富阳区）人。中国现代作家、革命烈士。新文学团体"创造社"发起人之一，积极参与抗日救国，1945年为国殉难，1952年被追封为烈士。代表作品有散文集《故都的秋》，小说集《春风沉醉的晚上》等。

◎ 谈谈小散文 ◎

《江南的冬景》是郁达夫于1935年创作的散文名篇。当时作者正值思想苦闷但生活闲散安逸的时期。文章刻画了不同时间、场合、天气等情况下的江南冬景，表达了作者对江南冬景的喜爱。

文章第一段作者就直言江南的冬景"岂不也可爱得很吗？"，反问的语气更强烈表明了自己喜爱江南冬景的态度。接着作者将闽粤冬景和江南冬景进行对比，突出了后者的诗情画意。文章的主体部分，作者描绘了一幅幅江南冬景图：丰腴润泽大地图、冬郊植被图、旱冬闲步图、微雨寒村图、江南雪景图……并融入了白色芦花、乌篷小船等江南物象和酒客、月晕、围炉夜话等诗情画意的生活元素。随着作者的笔触，我们多角度感受到了江南冬景的美好，体验到了诗意的栖居生活。此外，文章多次引用古诗，添加了许多韵味。

全文画面感极强，采用对比、点染等表现技巧，描绘细致，善用诗句，充满雅趣和江南生活气息，富有感染力。

第十一章　天光云影

47

火烧云

◎萧红

晚饭过后，火烧云上来了。霞光照得小孩子的脸红红的。大白狗变成红的了，红公鸡变成金的了，黑母鸡变成紫檀色的了。喂猪的老头儿在墙根靠着，笑盈盈地看着他的两头小白猪变成小金猪了。他刚想说"你们也变了……"旁边走来个乘凉的人对他说："您老人家必要高寿，您老是金胡子了。"

天上的云从西边一直烧到东边，红彤彤的，好像是天空着了火。

这地方的火烧云变化极多，一会儿红彤彤的，一会儿金灿灿的，一会儿半紫半黄的，一会儿半灰半百合色。葡萄灰、梨黄、茄子紫，这些颜色天空都有。还有些说也说不出来、见也没见过的颜色。

一会儿，天空出现一匹马，马头向南，马尾向西。马是跪着的，像等人骑上它的背，它才站起来似的。再过两三秒钟，那匹马大起来了，腿伸开了，脖子也长了，尾巴却不见了。看的人正在寻找马尾巴，那匹马变模糊了。

忽然又来了一条大狗。那条狗十分凶猛，在向前跑，后边似乎还跟着好几条小狗。跑着跑着，小狗不知哪里去了，大狗也不见了。

接着又来了一头大狮子，跟庙门前的石头狮子一模一样，也那么大，也那样蹲着，很威武很镇静地蹲着。可是一转眼就变了，再也找不着了。

一时恍恍惚惚的，天空里又像这个又像那个，其实什么也不像，什么也看不清了。必须低下头，揉一揉眼睛，沉静一会儿再看。可是天空偏偏不等待那些爱好它的孩子。一会儿工夫，火烧云下去了。

（节选自《呼兰河传》，文字有改动，标题为编者所加）

大作家写给孩子的小散文

聊聊大作家

萧红（1911—1942），原名张迺莹，黑龙江呼兰（今哈尔滨市呼兰区）人。中国现代女作家，被誉为"20世纪30年代的文学洛神"，与吕碧城、石评梅、张爱玲并称"民国四大才女"。代表作品有长篇小说《生死场》《马伯乐》《呼兰河传》等。

谈谈小散文

《火烧云》选自《呼兰河传》。《呼兰河传》是萧红的自传体小说，它以小女孩的视角描绘了作者的故乡（今哈尔滨呼兰区）在20世纪20年代的风土人情和民众生活，被茅盾誉为"一篇叙事诗，一幅多彩的风土画，一串凄婉的歌谣"。

文中的火烧云是瞬息万变的。首先是颜色的变化，"一会儿红彤彤的，一会儿金灿灿的"……还有"葡萄灰、梨黄、茄子紫"，各种各样的颜色粉墨登场，天空像是打翻了的调色盘，变得绚丽而多彩。其次是形状的变化，"一会儿，天空出现一匹马"，"忽然又来了一条大狗"，"接着又来了一头大狮子"，像是连环画，出人意料，让人目不暇接。作者用平淡质朴的文字、细致入微的观察，表达了对大自然的热爱及对故乡美景的留恋。

萧红极富才情却生命短暂、一生漂泊，童年是她昙花般的人生中最美好的时光，而自由热烈的火烧云象征着她生活中的一抹光、一丝暖，给予她情感的慰藉和向上的力量。

扫码阅读全文

一种云

◎瞿秋白

50

大作家写给孩子的小散文

天总是皱着眉头。太阳光如果还射到地面上，那也总是稀微的淡薄的。至于月亮，那更不必说，只是偶然露出半面，用他那惨淡的眼光看一看这罪孽的人间，这是孤儿寡妇的眼光，眼睛里含着总算还没有流干的眼泪。受过不止一次封禅大典的山岳，至少有大半截是上了天，只留一点山脚给人看。黄河，长江…… 据说是中国文明的父母，也不知道怎么变了心，对于他们的亲生骨肉，都摆出一副冷酷的面孔。从春天到夏天，从秋天到冬天，这样一年年地过去，淫虐的雨，凄厉的风和肃杀的霜雪更番地来去，一点儿光明也没有。这样的漫漫长夜，已经二十年了。这都是一种云在作祟。那云为什么这样屡次三番地摧残光明？那云是从什么地方来的？这是太平洋上的大风暴吹过来的，这是大西洋上的狂飙吹过来的。还有那些模糊的血肉——榨床底下淌着的模糊的血肉蒸发出来的。那些会画符的人——会写借据会写当票的人，就用这些符箓在呼召。那些吃田地的土蜘蛛，——虽然死了也不过只要六尺土地葬他的贵体，可是活着总要吃住这么二三百亩田地，——这些土蜘蛛就用屁股在吐着。那些肚里装着铁心肝铁肚肠的怪物，又竖起了一根根的烟囱在喷着。狂飚风暴吹过来的，血肉蒸发出来的，符箓呼召来的，屁股吐出来的，烟囱喷出来的，都是这种云。这是战云。

难怪总是漫漫的长夜了！

什么时候才黎明呢？

看那刚刚发现的虹。祈祷是没有用的了。只有自己去做雷公公电闪娘娘。那虹发现的地方，已经有了小小的雷电，打开了层层的乌云，让太阳重新照到紫铜色的脸。如果是惊天动地的霹雳，那才拨得开满天的愁云惨雾。这可只有自己做了雷公公电闪娘娘才办得到。要使小小的雷电变成惊天动地的霹雳！

（文字有改动）

◎ 聊聊大作家 ◎

瞿秋白（1899—1935），又名霜，别号秋白，江苏常州人。中国共产党早期主要领导人之一，无产阶级革命家、理论家、宣传家，中国革命文学事业的重要奠基者之一。代表作品有报告文学集《赤都心史》《饿乡纪程》等。

◎ 谈谈小散文 ◎

《一种云》写于1931年，是瞿秋白的散文代表作。

在中国传统的意境中，云给人的感觉是自由淡泊的。"宠辱不惊，看庭前花开花落；去留无意，望天上云卷云舒"，古代的隐士君子以淡定悠然的心境，望着天空中飘忽变化的云朵。然而，瞿秋白笔下的《一种云》却是"阴云"，是和淫雨、凄风、霜、雪等一样的黑暗势力。作者在文中用象征手法说明了"这种云"的来源。最后作者写了天际刚刚发现的虹和开始有的雷电，预示惊天动地的霹雳终将冲破"这种云"。

全文看似是描写自然景象，实际是写社会力量。文章所反映的社会现实是，在战争阴云的笼罩下，人们忍受着漫漫长夜，"难怪总是漫漫的长夜了！什么时候才黎明呢？"但是作者并不悲观绝望，而是充满信心，期盼着光明的到来，"要使小小的雷电变成惊天动地的霹雳"！

大作家写给孩子的小散文

扫码阅读全文

一片阳光

◎林徽因

　　放了假，春初的日子松弛下来。将午未午时候的阳光，澄黄的一片，由窗棂横浸到室内，晶莹地四处射。我有点发怔，习惯地在沉寂中惊讶我的周围。我望着太阳那湛明的体质，像要辨别它那交织绚烂的色泽，追逐它那不着痕迹的流动。看它洁净地映到书桌上时，我感到桌面上平铺着一种恬静，一种精神上的豪兴，情趣上的闲逸；即或所谓"窗明几净"，那里默守着神秘的期待，漾开诗的气氛。那种静，在静里似可听到那一处琤琮的泉流，和着仿佛是断续的琴声，低诉着一个幽独者自娱的音调。看到这同一片阳光射到地上时，我感到地面上花影浮动，暗香吹拂左右，人随着晌午的光霭花气在变幻，那种动，柔谐婉转有如无声音乐，令人悠然轻快，不自觉地脱落伤愁。至多，在舒扬理智的客观里使我偶一回头，看看过去幼年记忆步履所留的残迹，有点儿惋惜时间；微微怪时间不能保存情绪，保存那一切情绪所曾流连的境界。

倚在软椅上不但奢侈，也许更是一种过失，有闲的过失。但东坡的辩护："懒者常似静，静岂懒者徒"，不是没有道理。如果此刻不倚榻上而"静"，则方才情绪所兜的小小圈子便无条件地失落了去！人家就不可惜它，自己却实在不能不感到这种亲密的损失的可哀。

就说它是情绪上的小小旅行吧，不走并无不可，不过走走未始不是更好。归根说，我们活在这世上到底最珍惜一些什么？果真珍惜万物之灵的人的活动所产生的种种，所谓人类文化？这人类文化到底又靠一些什么？我们怀疑或许就是人身上那一撮精神同机体的感觉，生理心理所共起的情感，所激发出的一串行为，所聚敛的一点智慧——那么一点点人之所以为人的表现。宇宙万物客观的本无所可珍惜，反映在人性上的山川草木禽兽才开始有了秀丽，有了气质，有了灵犀。反映在人性上的人自己更不用说。没有人的感觉，人的情感，即便有自然，也就没有自然的美，质或神方面更无所谓人的智慧，人的创造，人的一切生活艺术的表现！这样说来，谁该鄙弃自己感觉上的小小旅行？为壮壮自己胆子，我们更该相信惟其人类有这类情绪的驰骋，实际的世间才赓续着产生我们精神所寄托的文物精粹。

（节选，文字有删改）

大作家写给孩子的小散文

◎ 聊聊大作家 ◎

林徽因（1904—1955），又名林徽音，福建福州人。中国现代建筑学家、作家。她是中国第一位女性建筑学家，是人民英雄纪念碑、中华人民共和国国徽的主要设计者之一。代表作品有现代诗《你是人间的四月天》，小说《九十九度中》等。

◎ 谈谈小散文 ◎

《一片阳光》写于1923年，是林徽因的散文代表作。

春初的午后，慵懒的日光穿过窗棂，倒映在书桌上，不妨品一盏香茗，捧一卷经典，读一读这篇散文，跟着恬静、烂漫的一代才女林徽因来一场"情绪上的小小旅行"吧。相信你会有"神秘的期待"，紧跟"漾开诗的气氛"，"和着仿佛是断续的琴声"，一个独行者的梦之旅将缓缓启航。

在这片初春的阳光中，我们调动视觉、听觉、嗅觉等多种感官，去捕捉作者营造的多维立体空间之美，仿佛身临其境，感受到作者对阳光、自然、美的无限挚爱。这一片柔美的阳光，令人思绪翩跹，也引发了作者关于如何珍惜人类文化的深思，"宇宙万物客观的本无所可珍惜"，"惟其人类有这类情绪的驰骋，实际的世间才赓续着产生我们精神所寄托的文物精粹"。

全文以"情绪的旅行"为线索，串联自己的遐思感悟，语言纯净自然，蕴含诗意之美。

光与影

◎迟子建

我记忆最深的光，是烛光。上小学的时候，山村还没有通电，就得用烛光撕裂长夜了。那时供销社里卖得最多的是蜡烛，蜡烛多是五支一包，用黄纸裹着。当然也有十支一包的，那样的蜡烛就比较细了。蜡烛白色的居多，但也有红色的，人们喜欢买上几包红蜡烛，留到节日去点。所以供销社里一旦进了红蜡烛，买它的人就会挤破门槛。在那个年代，蜡烛是完全可以作为礼品送人的。正月串亲戚的人的礼品袋中，除了鸡、鸭、罐头和布匹外，很可能就会有几包蜡烛。懂得节省的人家，

一支蜡烛能使上四五天，只要月亮的光能借上，他们就会敞开门窗，让月光奔涌而入，刷碗扫地，洗衣铺炕。我最爱做的，就是剪烛花。蜡烛燃烧半小时左右，棉芯就会跳出猩红的火花，如果不剪它，费蜡烛不说，它还会淌下串串烛泪，脏了蜡烛。我剪烛花，不像别人似的用剪刀，我用的是自己的手，将大拇指和二拇指并到一起，屏住气息探进烛苗，尖锐的指甲盖比剪刀还要锋利，一截棉芯被飞快地掐折了，蜡烛的光焰又变得斯文了。我这样做，从未把手烧着，不是我肉皮厚，而是做这一切手疾眼快，火还没来得及舔舐我。烧剩的蜡烛瘪着身子，但它们也不会被扔掉，女孩子们喜欢把它们攒到一起，用一个铁皮盒盛了，坐到火炉上，熔化了它们，采来几枝干树枝，用手指蘸着滚烫的烛油捏蜡花。蜡花如梅花，看上去晶莹璀璨。有喜欢粉色的，就在蜡烛中添上一截红烛，熔化后捏出的蜡花就是粉红色的了。在那个年代，谁家的柜子和窗棂里没有插着几枝蜡花呢！看来光的结束也不总是黑暗，通过另一种渠道，它们又会获得明媚的新生。

（节选，文字有删改）

◎ 聊聊大作家 ◎

迟子建（1964—），黑龙江漠河人。中国当代女作家，曾获"鲁迅文学奖""冰心散文奖""茅盾文学奖"等多项文学大奖。代表作品有小说《晨钟响彻黄昏》《群山之巅》等。

◎ 谈谈小散文 ◎

《光与影》是迟子建的散文名篇。作者用充满温暖的文字记叙了记忆深处光影斑驳的往事，描绘出生活与生命中的诸般美好，让人们感受到平淡生活的美妙。

文章从"光与影"出发，阐述对生活的体味与感悟。首先，作者回忆了记忆中最深的光——烛光。那时"山村还没有通电，就得用烛光撕裂长夜了"，带有那个时代的鲜明特征，烛光寄托着故乡人对美好生活的向往，也传达出生活平淡而质朴的真谛。接着，作者通过对"买蜡烛"和"剪烛花"两件事情的回忆，既找回了童年深刻的记忆，也写出了家乡的民俗风情和百姓勤劳淳朴的生活。尤其是对"剪烛花"的大段描述，细致地写出了少年时的快乐时光。

这篇散文文字平实细腻，从小处落笔，通过诸多回忆和感悟，传达出丰满悠远的生活感；通过对往昔生活的深深怀念和小议，增进了人们对生活真意的理解。

大作家写给孩子的小散文

扫码阅读全文

云

◎巴金

傍晚我站在露台上看云。一片红霞挂在城墙边绿树枝叶间。还有两三紫色云片高高地涂抹在蓝天里。

一片云使我的眼光停留一两小时，我只有一个念头：我想乘云飞往太空。

我读过一个美国人写的剧本《笨人》，后来也看过根据这个剧本摄制的影片。在电影里我看见黑天使乘着棉花似的白云在天空垂钓。倘使我能乘云飞往太空，我决不会在空中垂钓，不管钓的是什么东西。

我想乘云，是愿意将身子站在那个有着各种颜色的、似烟似雾、似实似虚的东西上面，让它载着我往上飞，往上飞，摆脱一切的羁绊，撇开种种的纠缠。我要飞，一直飞往宇宙的尽头（其实这尽头是不存在的），或者我会挨近烈日而被灼死，使全身成为燃料，或者我会远离太阳而冻成石尸。

但是我知道这只是我的幻想，我不会有这样的机会。

我又想起了一个故事，仍然是一个戏，而且我也看过由这个戏改编的电影。一个叫作立良（Liliom）的年轻的幻想家抛弃了妻儿，去世后他飞上太空去受最后的裁判，在神面前他提出了一个最后的要求——回到人间。几年以后一列火车穿过云霞，送他到地上，送他回到他那个小小的田庄去。他要求回家，只是想做一件帮助妻儿的事。他作为一个陌生人到了那个家，受了温情的款待，结果却打了自己的小孩一记耳光，像一个忘恩者似的走了。

有一天我也会成为这样的一个幻想家吗？已经飞向太空了，却又因为留恋人间而跌下来。为了帮助人而回到人间，却只做出损害人的事情空着手去了。

我明白我是不能够飞向太空的。纵使我会往上飞，我也要从云端跌下来，薄薄的云片载不起我这颗留恋人间的心。

现在我应该收起我的幻想了。我不愿走立良的寂寞、痛苦的路。

（节选，文字有删改）

大作家写给孩子的小散文

◎ 聊聊大作家 ◎

巴金（1904—2005），本名李尧棠，字芾甘，四川成都人。中国现代作家，被誉为"二十世纪中国文学的良心"，与鲁迅、郭沫若、茅盾、老舍、曹禺合称"鲁郭茅巴老曹"。代表作品有小说《家》《春》《秋》《憩园》《寒夜》等。

◎ 谈谈小散文 ◎

《云》是巴金在抗日战争最困难的时期创作的一篇散文。文章由"看云"写起，"云"引发了作者的联想，借此表达了自己在特殊时代的无力感，以及对人间、家庭的无限留恋和热爱之情。

全文开篇用"傍晚我站在露台上看云"交代了缘起，看云良久也反映了作者内心的失落和无力。接着作者以想"乘云飞往太空"排遣内心郁结为由，先是联想到剧本《笨人》，期盼自己可以"摆脱一切的羁绊"乘云上太空，"飞往宇宙的尽头"，或被灼烧致死，或"冻成石尸"，借此表达内心复杂的痛苦情绪；然后，又联想到剧本《立良》，感慨即使因为留恋人间而回到世间，却又结局不圆满，借此表达了作者不愿走人间"寂寞、痛苦的路"的愿望。

全篇围绕"看云"展开，充满了强烈的象征意味和深刻的寓意，作者旁征博引，借两个剧本传达出内心的块垒，言有尽而意无穷。

第十二章　晨钟暮鼓

晓

◎刘半农

扫码阅读全文

火车，永远是这么快——向前飞进。

天色渐渐地亮了；不觉得长夜已过，只觉车中的灯，一点点地暗下来。

车窗外面：——

起初是昏沉沉的一片黑，慢慢露出微光，露出鱼肚白的天，露出紫色，红色，金色的霞采。

是天上疏疏密密的云？是地上的池沼？丘陵？草木？是流霞？辨别不出。

太阳的光线，一丝丝透出来，照见一片平原，罩着层白蒙蒙的薄雾。雾中隐隐约约，有几墩绿油油的矮树。雾顶上，托着些淡淡的远山。几处炊烟，在山坳里徐徐动荡。

这样的景色，是我生平第一次见到。

晓风轻轻吹来，很凉快，很清洁，叫我不甘心睡。回看车中，大家东横西倒，鼾声呼呼，现出那干—枯—黄—白——很可怜的脸色！

只有一个三岁的女孩，躺在我手臂上，笑弥弥的，两颊像苹果，映着朝阳。

◎ 聊聊大作家 ◎

刘半农（1891—1934），名复，初字半侬，后改半农，晚号曲庵，江苏江阴人。中国诗人、语言学家。曾参加新文化运动，提倡白话诗。代表作品有诗集《扬鞭集》，民歌集《瓦釜集》和《半农杂文》等。

◎ 谈谈小散文 ◎

《晓》是新文化运动先驱、文学家刘半农的一首叙事散文诗，也是20世纪20年代新散文诗定型的代表作。这篇文章写于作者在上海至宁波的火车途中，表达了作者旅途火车上的真实感受，通过写日出的景色，传达了作者向往光明、奋发向上的精神。

全诗以乘车时看到即将破晓的天空为切入点，黑夜和白天的交界正是当时中国社会的写照，灾难深重的中国正处在黎明前黑暗的水深火热之中。作者不禁赞叹黎明的光一点点驱散黑暗，期盼光明拯救受难的中国人。作者描述了黎明阳光照射下的大地——祖国好似流霞一样的大好河山，但阳光与雾的结合，又使得一切都变得朦胧起来。作者笔锋一转回到车中，所见可怜的众人和"笑弥弥"的小女孩，显示出在令人失望麻木的社会中还是存有希望的生气。

本文采用白描的写作手法，语言平白如话，黎明的云景和火车上的情景、众人的可怜和小女孩的朝气，对比深刻，使人在黑暗中生出希望和力量。

大作家写给孩子的小散文

早晨

◎李广田

我每天早晨都怕晚了，第一次醒悟之后，便立刻起来，而且第一个行动是：立刻跑出去。

跑出去，因为庭院中那些花草在召唤我，我要去看看它们在不为人所知所见的时候有了多少生长，我相信，它们在一夜的沉默中长得最快、最自在。

我爱植物甚于爱"人"，因为它们那生意、那葱茏，就是它们那按时的凋谢也可爱；因为它们留下了根底，或种子，它们为生命尽了力。

当然我还是更爱"人"，假如"人"有了植物的可爱，酣睡一夜而醒来的婴儿，常教我想到早晨的花草，而他那一双清明的眼睛正如日出前花草上的露珠。

🌀 聊聊大作家 🌀

李广田（1906—1968），号洗岑，山东邹平人。中国现代诗人、作家、教育家。1936年，李广田和卞之琳、何其芳的诗歌合集《汉园集》出版，三位诗人并称"汉园三诗人"。代表作品有散文集《画廊集》《银狐集》，诗集《春城集》等。

🌀 谈谈小散文 🌀

《早晨》写于1948年全国解放前一年，是李广田创作的一篇叙事散文诗。在抗日战争和解放战争时期，作者积极参加抗日斗争和爱国民主运动，本文紧紧抓住时代脉搏，预示着崭新事物——中国共产党领导的新中国的到来。

作者开篇即写"我每天早晨都怕晚了"，因为早晨是一天的开始，充满着崭新的寄托和希望。作者要"跑出去"，因为花草在召唤他，花草在一夜黑暗中沉默生长，长得最快、最自在。花草生长的小事充满了象征意义，歌颂了新事物和新生命，表现了作者兴奋、喜悦的心情。接下来作者又写植物即使凋亡也留下了根或种子，为生命传递希望，进而将花草类比到人类"婴儿"身上，显示出作者对即将到来的新事物的热烈期待。

这篇散文诗语言自然直白、通俗易懂，感情真挚，运用类比、象征等表现手法，传达了对新生力量的强烈渴望和期盼。

66

大作家写给孩子的小散文

扫码阅读全文

黄昏和黎明

◎ [印] 泰戈尔

　　在这里，黄昏已经降临。太阳神噢，你那黎明现在沉落在哪个国度、哪个海滨？在这里，晚香玉在黑暗中微微颤动，宛如披着面纱的新娘，羞涩地立在新房之门；晨花——金香木，又在哪里绽蕾？

　　有人被惊醒。黄昏点燃的灯火已经熄灭，夜晚编好的白玫瑰花环也已凋落。在这里，家家的柴扉紧闭；在那边，户户的窗子敞开。

　　在这里，船舶靠岸，渔民入睡；在那边，顺风扬起了篷帆。

　　人们离开客店，面向朝阳向东方走去；晨光洒在他们的额上，可他们的渡河之费直到现在还没有偿付；透过路旁的一扇扇窗扉，那一双双黑黑的眼睛，含着怜悯的渴望，正在凝视着他们的后背；一条大路展现在他们的面前，犹如一封朱红的请帖发出邀请："一切都已为

你们准备就绪。"随着他们心潮的节奏，胜利之鼓已经擂响。

在这里，所有的人都乘坐着日暮之舟，向灰暗的晚霞微光中渡去。在客店的院落里，他们铺下破衣烂衫：有人孤独一身，有人带着疲惫的伴侣。黑暗中无法看清，前面的路上将有什么，可是，现在的他们正悄悄地谈论着后面走过的路上所发生的事。谈着谈着，话语中断，尔后一片静寂。尔后他们从院里抬头仰望，北斗七星正悬在天边。

太阳神噢，在你的左边是这黄昏，在你的右边是那黎明，请你让这两者联合起来吧！就让这阴影和那光明相互拥抱和亲吻吧！就让这黄昏之曲为那黎明之歌祝福吧！

大作家写给孩子的小散文

◎ 聊聊大作家 ◎

泰戈尔（1861—1941），印度诗人、作家、社会活动家。1913 年，凭借诗集《吉檀迦利》成为第一个获得诺贝尔文学奖的亚洲人。代表作品有诗集《吉檀迦利》《飞鸟集》《园丁集》《新月集》等。

◎ 谈谈小散文 ◎

《黄昏和黎明》是印度著名诗人泰戈尔的一首散文诗。诗人一反人们的感受常识，赋予黄昏和黎明同等的生命高度，让黄昏和黎明分别代表了两种不同的人生。

诗人开篇即写"在这里，黄昏已经降临"，以黄昏为切入点去描写普通人生和万家灯火。这里的黄昏并非意味着结束，而是一天的收获，一天疲惫后的休息，黄昏寓意安定、成熟及收获。在黎明下，也有某种人生的祝福，黎明场景中"顺风扬起了篷帆"等展现出黎明寓意的活力和希望。最后诗人更是直接将黄昏和黎明等量齐观，直呼"让这两者联合起来吧"，让"黄昏之曲为那黎明之歌祝福"。黄昏之曲和黎明之歌同时奏响的都是人生。

本文立意新颖、寓意深刻，语言清新流畅，富有生动而形象的画面感，其中所寄寓的生活性和生命感，正是泰戈尔印度式东方诗歌的典范。

黄昏

◎何其芳

马蹄声，孤独又忧郁地自远至近，洒落在沉默的街上如白色的小花朵。我立住。一乘古旧的黑色马车，空无乘人，纡徐地从我身侧走过。疑惑是载着黄昏，沿途散下它阴暗的影子，遂又自近而远地消失了。

街上愈荒凉。暮色下垂而合闭，柔和地，如从银灰的归翅间坠落一些慵倦于我心上。我傲然，耸耸肩，脚下发出凄异的长叹。

一列整饬的宫墙漫长地立着，不少次，我以目光叩问它，它以叩问回答我：

——黄昏的猎人，你寻找着什么？

狂奔的野兽寻找着壮士的刀，美丽的飞鸟寻找着牢笼，青春不羁之心寻找着毒色的眼睛。我呢？

我曾有一些带伤感之黄色的欢乐，如同三月的夜晚的微风飘进我梦里，又飘去了。我醒来，看见第一颗亮着纯洁的爱情的星无声地坠地。我又曾有一些寂寞的光阴，在幽暗的窗子下，在长夜的炉火边，我紧闭着门而它们仍然遁逸了。我能忘掉忧郁如忘掉欢乐一样容易吗？

　　小山巅的亭子因暝色天空的低垂而更圆，而更高高地耸出林木的葱茏间，从它我得到仰望的惆怅。在渺远的昔日，当我身侧尚有一个亲切的幽静的伴步者，徘徊在这山麓下，曾不经意地约言，选一个有阳光的清晨登上那山巅去，但随后又不经意地废弃了。这沉默的街，自从再没有那温柔的脚步，遂日更荒凉，而我，竟惆怅又怨抑地，让那亭子永远秘藏着未曾发掘的快乐，不敢独自去攀登我甜蜜的想象所萦系的道路了。

◎ 聊聊大作家 ◎

何其芳（1912—1977），原名何永芳，四川万县（今重庆市万州区）人。中国现代诗人、散文家、文学评论家。代表作品有诗集《预言》《夜歌和白天的歌》，散文集《画梦录》《还乡杂记》《星火集》，论文集《关于现实主义》《诗歌欣赏》等。

◎ 谈谈小散文 ◎

《黄昏》是何其芳创作的一篇散文。这部作品写于大革命失败后白色恐怖日趋严重的 1933 年，身为觉醒青年的何其芳身处大学之中，此时一颗"青春不羁之心"充满了伤感忧郁、孤独寂寞。

作者开篇即描绘了孤独又忧郁的马蹄声、洒落在沉默的街上的小花朵、一乘古旧的黑色马车等物象，营造了一个具有强烈象征意味的感伤意境。然而作者也并非在感伤中顾影自怜，"一列宫墙"对作者的发问，充满了厚重的历史感和现实感，进而转入作者的"寻找"。然而黑暗的现实令人叹息。接下来作者大段描写了爱情之星坠地、忧郁时光难忘、亭子高耸是方便仰望惆怅，最后甚至"不敢独自去攀登我甜蜜的想象所萦系的道路了"，充满了孤独者的无奈寂寥和苦闷彷徨。

这篇散文深受法国象征派作家的影响，通过大量象征性意象来表达自己的情绪，又蕴含一种诗意的哲思，不经意流露出悲剧意识，这也是一个时代知识青年精神面貌的真实写照。

江行的晨暮

◎朱湘

美在任何的地方，即使是古老的城外，一个轮船码头的上面。

等船，在划子上，在暮秋夜里九点钟的时候，有一点冷的风。天与江，都暗了；不过，仔细地看去，江水还浮着黄色。中间所横着的一条深黑，那是江的南岸。

在众星的点缀里，长庚星闪耀得像一盏较远的电灯。一条水银色的光带晃动在江水之上。看得见一盏红色的渔灯。

岸上的房屋是一排黑的轮廓。一条趸船在四五丈以外的地点。模糊的电灯，平时令人不快的，在这时候，在这条趸船上，反而，不仅是悦目，简直是美了。在它的光围下面，聚集着一些人形的轮廓。不过，并听不见人声，像这条划子上这样。

忽然间，在前面江心里，有一些黝黯的帆船顺流而下，没有声音，像一些巨大的鸟。

一个商埠旁边的清晨。

太阳升上了有二十度；覆碗的月亮与地平线还有四十度的距离。几大片鳞云黏在浅碧的天空里；看来，云好像是在太阳的后面，并且远了不少。

山岭披着古铜色的衣，褶痕是大有画意的。

水汽腾上有两尺多高。有几只肥大的鸥鸟，它们，在阳光之内，暂时的闪白。

月亮是在左舷的这边。

水汽腾上有一尺多高；在这边，它是时隐时显的。在船影之内，它简直是看不见了。

颜色十分清润的，是远洲上的列树，水平线上的帆船。江水由船边的黄到中心的铁青到岸边的银灰色。有几只小轮在喷吐着煤烟：在烟囱的端际，它是黑色，在船影里，淡青、米色、苍白；在斜映着的阳光里，棕黄。

清晨时候的江行是色彩的。

◎ 聊聊大作家 ◎

朱湘（1904—1933），字子沅，安徽太湖人。中国现代诗人，被鲁迅誉为"中国的济慈"，与饶孟侃（字子离）、孙大雨（字子潜）、杨世恩（字子惠）并称"清华四子"。代表作品有诗集《夏天》《草莽集》等。

◎ 谈谈小散文 ◎

《江行的晨暮》是新文化运动时期"清华四子"之一的朱湘的散文名篇。

全文以"江行"为线索，随着江行各个阶段，沿着时间而层层推进，描绘所见。在这个过程中，作者几乎全文都是诗歌般的短句，营造富有感染力的"一句一意境"，使得司空见惯的景观星辰、江水、渡船、渔灯、太阳、山岭、鸥鸟……都获得了全新的生命力。作者起笔于"在暮秋夜里九点钟的时候"，落笔于"清晨时候的江行是色彩的"，将"晨"与"暮"贯穿起来。作者精确把握江行所见景物的特点，并投射到环境中去，进而将夜与昼的交替过程表现出来。

全文充满了诗化的意境，描写景物成功抓住了自然色彩的特征，尊重自然晦明的光线，极具色彩的美术张力，带给人一种古朴的自然美，是一篇非常独特的散文。

第十三章　鸟兽虫鱼

老 牛

◎刘半农

　　秧田岸上，有一只老牛戽水，一连戽了多天。酷热的太阳，直射在它背上。淋淋的汗，把它满身的毛，浸成毡也似的一片。它虽然极疲乏，却还不肯休息。树阴里坐着一只小狗，很凉快，很清闲，摇着它的小耳朵，用清脆的声音向牛说："笨牛！你天天的绕着圈子乱走，何尝向前一步？不要说你走得吃力，我看也看厌了！"牛说："我不管得我自己能不能向前，也管不得你看厌不看厌，只要我车下的水，平稳流动，浸润着我一片可爱的秧田。"狗说："到秧田成熟了，你早就跑死！"牛说："这件事，我从来没有功夫想到……"

◎ 聊聊大作家 ◎

刘半农（1891—1934），名复，初字半侬，后改半农，晚号曲庵，江苏江阴人。中国现代诗人、语言学家。曾参加新文化运动，提倡白话诗。代表作品有诗集《扬鞭集》，民歌集《瓦釜集》和《半农杂文》等。

◎ 谈谈小散文 ◎

《老牛》写于1919年，是刘半农的散文代表作。提到小狗，大家的第一印象可能是"真可爱呀"，但果真如此吗？读完本文，你也许会有不一样的想法。

全文主要运用对比的写法，刻画了一头在炎炎夏日下忍着酷热疲乏依旧勤恳劳作的老牛，以及一只坐在树阴里清闲乘凉、说风凉话的小狗，讲述了老牛的勤恳工作和不知疲倦、小狗悠闲乘凉之余对老牛取笑嘲讽的故事。这个寓言故事篇幅简短，通过白描式的描写，三言两语折射出社会的阶层分明。细细品读，文中的"狗"代表的是上层社会的有闲阶层，而"老牛"则代表了下层广大的劳苦大众。鲁迅先生曾说自己是"俯首甘为孺子牛"，文中老牛恰是他的自画像。作者借默默工作、温和平静的老牛，来赞美那些生活在底层却默默耕耘从不埋怨的中国劳动人民，既对劳动人民心怀感恩，又对上层社会极尽讽刺。

大作家写给孩子的小散文

蝉的一生

◎周作人

夏天到了，"知了"就将叫了起来，我在夏至前五天听见一匹山知了来到院子里的槐树上开始唱歌，这与法勃耳《昆虫记》所说相合，可是后来有十多天不见第二个出现。蝉这名称太不通俗，俗名又多有音无字，写出来反正只是虫旁加声，陡然使得排印困难，不如用这二字。有人传说赋得蜩始鸣的试帖诗，第一句云"知了知花了"，可知比较还可通用，虽然乡下读两字都是去声的。

《昆虫记》中有关于蝉的文章五篇，把它的一生说得相当清楚，据说其幼虫钻入土中，就树根吸水为生，大概阅四年之久，成为"复育"，择日破土出来。复育的样子不大好看，就同药铺的蝉蜕一样，不过更是膨胀胖大，身体内充满了水分，它从地底下钻出来，并无别的器具，只是把水洒在土中，用力挨挤，四围湿泥成为三和土的墙，隧道便渐渐成功，水用完时回到树根再去吸取，直至到达地面，所以它的洞口整齐光滑，没有一点碎土。知了蜕化以后，大抵可以生活五个星期，它的工作是吸树汁（蝉是餐风饮露），歌唱（雄），以及生殖。这里奇怪的事是他为什么歌唱的呢？照例说这是在唱情歌，但蝉却都是聋子，可是眼睛很好，在树上叫着的时候你走近前去，它会撒你一脸的尿急忙飞去了，若在后边拍手高呼，它却全不在意，法勃耳曾经在树下放过两响村社祭日所用的田鸡炮，它们还是叫得不停也不逃走。那么这是为了什么呢，他又说不知道，大概只是表示生的欢乐吧。

（文字有改动）

大作家写给孩子的小散文

◎ 聊聊大作家 ◎

周作人（1885—1967），原名櫆寿，字启明，号知堂等，浙江绍兴人。中国现代作家、翻译家，新文学运动的重要代表人物，《新青年》的主要撰稿人。代表作品有散文集《自己的园地》《知堂文集》等。

◎ 谈谈小散文 ◎

《蝉的一生》写于1950年，是周作人的散文代表作。提到蝉，大家并不陌生：唐朝的诗人虞世南写诗赞美蝉的高洁，说它"垂緌饮清露，流响出疏桐"。那周作人笔下的蝉又是怎样的呢？

蝉应时节而生，"夏天到了，'知了'就将叫了起来"，它名字"太不通俗，俗名又多有音无字"且读时"都是去声的"。它为人们带来了夏的消息，人们却常常忽视它。它一生要在地底蛰伏"四年之久"，才择日破土而出，自己筑墙建洞。那蝉真的在唱情歌吗？真的是瞎子吗？这无疑是作者的反讽，只有不懂蝉的人才会贸然走近被撒"一脸的尿"，妄想用"田鸡炮"轰散它的欢歌，但它却岿然不动，"叫得不停也不逃走"。而那些戏弄它、无视它的，才是真正的愚人。蝉没有美妙的名字，沉默寡言，却是拥有生活睿智的哲人。

读罢全文，你会感受到蝉这卑微的生命正绽放着生命的欢悦。作者运用欲扬先抑的手法，卒章显志，毫不吝啬对蝉的赞赏和钦佩！

母 鸡

◎老舍

我一向讨厌母鸡。不知怎样受了一点惊吓。听吧，它由前院嘎嘎到后院，由后院再嘎嘎到前院，没完没了，而并没有什么理由，讨厌！有的时候，它不这样乱叫，可是细声细气的，有什么心事似的，颤颤微微的，顺着墙根，或沿着田坝，那么扯长了声如怨如诉，使人心中立刻结起个小疙瘩来。

它永远不反抗公鸡。可是，有时候却欺侮那最忠厚的鸭子。更可恶的是它遇到另一只母鸡的时候，它会下毒手，趁其不备，狠狠地咬一口，咬下一撮儿毛来。

到下蛋的时候，它差不多是发了狂，恨不能使全世界都知道它这点成绩；就是聋子也会被它吵得受不下去。

可是，现在我改变了心思，我看见一只孵出一群小雏鸡的母亲。

不论是在院里，还是在院外，它总是挺着脖儿，表

大作家写给孩子的小散文

示出世界上并没有可怕的东西。一个鸟儿飞过，或是什么东西响了一声，它立刻警戒起来，歪着头儿听；挺着身儿预备作战；看看前，看看后，咕咕地警告鸡雏要马上集合到它身边来！

当它发现了一点可吃的东西，它咕咕的紧叫，啄一啄那个东西，马上便放下，让它的儿女吃。结果，每一只鸡雏的肚子都圆圆地下垂，像刚装了一两个汤圆儿似的，它自己却消瘦了许多。假若有别的大鸡来抢食，它一定出击，把它们赶出老远，连大公鸡也怕它三分。

它教给鸡雏们啄食，掘地，用土洗澡；一天教多少多少次。它还半蹲着——我想这是相当劳累的——教它们挤在它的翅下、胸下，得一点儿温暖。它若伏在地上，鸡雏们有的便爬在它的背上，啄它的头或别的地方，它一声也不哼。

在夜间若有什么动静，它便放声啼叫，顶尖锐、顶凄惨，使任何贪睡的人也得起来看看，是不是有了黄鼠狼。

它负责、慈爱、勇敢、辛苦，因为它有了一群鸡雏。它伟大，因为它是鸡母亲。一个母亲必定就是一位英雄。

我不敢再讨厌母鸡了。

（文字有改动）

◎ 聊聊大作家 ◎

老舍（1899—1966），原名舒庆春，字舍予，北京人。中国现代作家，是新中国第一位获得"人民艺术家"称号的作家。代表作品有小说《骆驼祥子》《四世同堂》，话剧《茶馆》《龙须沟》等。

◎ 谈谈小散文 ◎

《母鸡》写于1942年，是老舍的散文代表作。

文章的开头，作者直言不讳，"我一向讨厌母鸡"："我"讨厌母鸡的叫声，讨厌"它永远不反抗公鸡"，更可恶的是向其他母鸡下毒手，等它下蛋时连聋子"也会被它吵得受不下去"。读到这里，你是不是也开始讨厌这媚俗、懦弱的母鸡了呢？

可接下来，作者笔锋一转，"我改变了心思"。它很负责，"总是挺着脖儿"，为鸡雏警戒；它很慈爱，"发现了一点可吃的东西"，它都要留给孩子，宁愿自己消瘦；它很勇敢，驱赶抢食的大鸡，"连大公鸡也怕它三分"；它很辛苦，反复教小鸡们生活常识，不知劳累；半夜也不忘发出警示……作者情不自禁感叹"它伟大"，"是一位英雄"。

作者对母鸡的态度从讨厌到喜爱，以自己的情感变化为主线串联全文，运用对比的写法，借母鸡赞美全天下伟大的母亲。

大作家写给孩子的小散文

扫码阅读全文

海燕之歌

◎［苏］高尔基

在苍茫的大海上，狂风卷集着乌云。在乌云和大海之间，海燕像黑色的闪电，在高傲地飞翔。

一会儿翅膀碰着波浪，一会儿箭一般地直冲向乌云，它叫喊着，——就在这鸟儿勇敢的叫喊声里，乌云听出了欢乐。

在这叫喊声里——充满着对暴风雨的渴望！在这叫喊声里，乌云听出了愤怒的力量、热情的火焰和胜利的信心。

海鸥在暴风雨来临之前呻吟着，——呻吟着，它们在大海上飞窜，想把自己对暴风雨的恐惧，掩藏到大海深处。

海鸭也在呻吟着，——它们这些海鸭啊，享受不了生活的战斗的欢乐，轰隆隆的雷声就把它们吓坏了。

蠢笨的企鹅，胆怯地把肥胖的身体躲藏在悬崖底下……只有那高傲的海燕，勇敢地，自由自在地，在泛起白沫的大海上飞翔！

乌云越来越暗，越来越低，向海面直压下来，而波浪一边歌唱，一边冲向高空，去迎接那雷声。

　　雷声轰响。波浪在愤怒的飞沫中呼叫，跟狂风争鸣。看吧，狂风紧紧抱起一层层巨浪，恶狠狠地把它们甩到悬崖上，把这些大块的翡翠摔成尘雾和碎末。

　　海燕叫喊着，飞翔着，像黑色的闪电，箭一般地穿过乌云，翅膀掠起波浪的飞沫。

　　看吧，它飞舞着，像个精灵，——高傲的、黑色的暴风雨的精灵，——它在大笑，它又在号叫……它笑那些乌云，它因为欢乐而号叫！

　　这个敏感的精灵，——它从雷声的震怒里，早就听出了困乏，它深信，乌云遮不住太阳，——是的，遮不住的！

　　狂风吼叫……雷声轰响……

　　一堆堆乌云，像青色的火焰，在无底的大海上燃烧。大海抓住闪电的箭光，把它们熄灭在自己的深渊里。这些闪电的影子，活像一条条火蛇，在大海里蜿蜒游动，一晃就消失了。

　　——暴风雨！暴风雨就要来啦！

　　这是勇敢的海燕，在怒吼的大海上，在闪电中间，高傲地飞翔；这是胜利的预言家在叫喊：

　　——让暴风雨来得更猛烈些吧！

大作家写给孩子的小散文

◎ 聊聊大作家 ◎

高尔基（1868—1936），苏联作家、政治活动家，苏联社会主义、现实主义文学奠基人，被列宁誉为"无产阶级艺术最杰出的代表"。代表作品有高尔基自传体三部曲《童年》《在人间》《我的大学》，长篇小说《母亲》等。

◎ 谈谈小散文 ◎

《海燕之歌》写于1901年，是高尔基的散文代表作。19世纪初欧洲发生工业危机，大量工厂倒闭，工人失业，而俄国沙皇统治日益腐朽黑暗，人民革命运动风起云涌，《海燕》就写于这个时期。

如果你去海边，尤其是暴风雨来临之际，你会看见一群迎着狂风乌云飞翔的鸟儿，那就是海燕。在俄语里，"海燕"是指暴风雨的预言者。

本文运用象征的手法刻画了勇敢迎接暴风雨的海燕的形象，这正是坚强无畏的无产阶级革命先驱的写照。而那些呻吟的海鸥海鸭、蠢笨的企鹅则象征着畏畏缩缩、明哲保身的假革命者，它们对暴风雨的恐惧与海燕的勇敢形成了鲜明的对比。作者热切讴歌了无产阶级革命者斗志昂扬、自信豪迈的气概，并预言沙皇统治必将覆灭、革命必将胜利，号召广大劳动人民积极行动，投身到革命的洪流中去。全文读罢，让人热血沸腾，也让人扪心自问：你会为迎着暴风雨前进的海燕大声呐喊吗？你会成为迎着人生风雨逆风飞翔的斗士吗？

鹰 之 歌

◎丽尼

黄昏是美丽的。我忆念着那南方的黄昏。

晚霞如同一片赤红的落叶坠到铺着黄尘的地上，斜阳之下的山冈变成了暗紫，好像是云海之中的礁石。

南方是遥远的；南方的黄昏是美丽的。

有一轮红日沐浴着在大海之彼岸；有欢笑着的海水送着夕归的渔船。

南方，遥远而美丽的！

南方是有着榕树的地方，榕树永远是垂着长须，如同一个老人安静地站立，在夕暮之中作着冗长的低语，而将千百年的过去都埋在幻想里了。

晚天是赤红的。公园如同一个废墟。鹰在赤红的天空之中盘旋，作出短促而悠远的歌唱，嘹唳地，清脆地。

鹰是我所爱的。它有着两个强健的翅膀。

鹰的歌声是嘹唳而清脆的，如同一个巨人的口在远

天吹出了口哨。而当这口哨一响着的时候，我就忘却我的忧愁而感觉兴奋了。

我有过一个忧愁的故事。每一个年轻的人都会有一个忧愁的故事。

南方是有着太阳和热和火焰的地方。而且，那时，我比现在年轻。

那些年头！啊，那是热情的年头！我们之中，像我们这样大的年纪的人，在那样的年代，谁不曾有过热情的如同火焰一般的生活！谁不曾愿意把生命当作一把柴薪，来加强这正在燃烧的火焰！有一团火焰给人们点燃了，那么美丽地发着光辉，吸引着我们，使我们抛弃了一切其他的希望与幻想，而专一地投身到这火焰中来。

然而，希望，它有时比火星还容易熄灭。对于一个年轻人只须一个刹那，一整个世界就会从光明变成了黑暗。

我们曾经说过："在火焰之中锻炼着自己"；我们曾经感觉过一切旧的渣滓都会被铲除，而由废墟之中会生长出新的生命，而且相信这一切都是不久就会成就的。

然而，当火焰苦闷地窒息于潮湿的柴草，只有浓烟可以见到的时候，一刹那间，一整个世界就变成黑暗了。

我坐在已经成了废墟的公园看着赤红的晚霞，听着嘹喨而清脆的鹰歌，然而我却如同一个没有路走的孩子，凄然地流下眼泪来了。

"一整个世界变成了黑暗；新的希望是一个艰难的生产。"

鹰在天空之中飞翔着了，伸展着两个翅膀，倾侧着，回旋着，作出了短促而悠远的歌声，如同一个信号。我凝望着鹰，想从它的歌声里听出一个珍贵的消息。

"你凝望着鹰吗？"她问。

"是的，我望着鹰。"我回答。

她是我的同伴，是我三年来的一个伴侣。

"鹰真好，"她沉思地说了，"你可爱鹰？"

"我爱鹰的。"

"鹰是可爱的。鹰有两个强健的翅膀，会飞，飞得高，飞得远，能在黎明里飞，也能在黑夜里飞，你知道鹰是怎样在黑夜里飞的吗？是像这样飞的，你瞧。"说着，她展开了两只修长的手臂，旋舞一般地飞着了，是飞得那么天真，飞得那么热情，使她的脸面也现出了夕阳一般的霞彩。

我欢乐地笑了，而感觉了奋兴。

然而，有一次夜晚，这年轻的鹰飞了出去，就没有再看见她飞了回来，一个月以后，在一个黎明，我在那已经成了废墟的公园之中发现了她的被六个枪弹贯穿了的身体，如同一只被猎人从赤红的天空击落了下来的鹰雏，披散了毛发在那里躺着了。那正是她为我展开了手臂而热情地飞过的一块地方。

我忘却了忧愁，而变得在黑暗里感觉兴奋了。

南方是遥远的，但我忆念着那南方的黄昏。

南方是有着鹰歌唱的地方，那嘹唳而清脆的歌声是会使我忘却忧愁而感觉奋兴的。

（文字有改动）

丽尼（1909—1968），原名郭安仁，湖北孝感人。中国现代散文家，曾与巴金等人创办了文化生活出版社。代表作品有散文集《黄昏之献》《鹰之歌》《白夜》等。

◎ 谈谈小散文 ◎

《鹰之歌》写于1934年，是丽尼的散文代表作。当时无数的热血青年投身救国运动，很多人惨遭国民党反动派杀害，其中就包括作者的女友。为了缅怀英烈、纪念女友，也为鼓舞青年和自己继续战斗，作者写下《鹰之歌》，借讴歌鹰来礼赞革命青年的斗争精神和牺牲精神。

全文运用诗意的语言、象征的手法，将英姿勃发迎风飞翔的鹰，与"展开了两只修长的手臂，旋舞一般地飞着了"的女友，紧密联系在一起，借鹰来写女友"飞得那么天真，飞得那么热情，使她的脸面也现出了夕阳一般的霞彩"，从而刻画了一位刚毅坚强的女斗士形象。她牺牲时"如同一只被猎人从赤红的天空击落了下来的鹰雏"，但鹰留下的歌声"嘹唳而清脆"，让"我""忘却忧愁而感觉奋兴"，斗志愈加昂扬。鹰"能在黎明里飞，也能在黑夜里飞"，而这被无情击落的鹰雏象征的正是无数为革命抛头颅洒热血不畏牺牲的青年！

第十四章　乡音难忘

永远的憧憬和追求

◎萧红

一九一一年，在一个小县城里边，我出生在一个小地主的家里。那县城差不多就是中国的最东最北部——黑龙江省——所以一年之中，倒有四个月飘着白雪。

父亲常常为着贪婪而失掉了人性。他对待仆人，对待自己的儿女，以及对待我的祖父都是同样的吝啬而疏远，甚至于无情。

有一次，为着房屋租金的事情，父亲把房客的全套的马车赶了过来。房客的家属们哭着诉说着，向我的祖父跪了下来，于是祖父把两匹棕色的马从车上解下来还了回去。

为着这匹马，父亲向祖父起着终夜的争吵。"两匹马，咱们是算不了什么的，穷人，这匹马就是命根。"祖父这样说着，而父亲还是争吵。九岁时，母亲死去。父亲也就更变了样，偶然打碎了一只杯子，他就要骂到使人发抖的程度。后来就连父亲的眼睛也转了弯，每从他的身边经过，我就像自己的身上生了针刺一样；他斜视着你，他那高傲的眼光从鼻梁经过嘴角而后往下流着。

所以每每在大雪中的黄昏里，围着暖炉，围着祖父，听着祖父读着诗篇，看着祖父读着诗篇时微红的嘴唇。

父亲打了我的时候，我就在祖父的房里，一直面向着窗子，从黄昏到深夜——窗外的白雪，好像白棉花一样飘着；而暖炉上水壶的盖子，则像伴奏的乐器似的振动着。

祖父时时把多纹的两手放在我的肩上，而后又放在我的头上，我的耳边便响着这样的声音：

"快快长大吧！长大就好了。"

二十岁那年，我就逃出了父亲的家庭。直到现在还是过着流浪的生活。

"长大"是"长大"了，而没有"好"。

可是从祖父那里，知道了人生除掉了冰冷和憎恶而外，还有温暖和爱。

所以我就向这"温暖"和"爱"的方面，怀着永久的憧憬和追求。

🌀 聊聊大作家 🌀

    萧红（1911—1942），原名张迺莹，黑龙江呼兰（今哈尔滨市呼兰区）人。中国现代女作家，被誉为"20世纪30年代的文学洛神"，与吕碧城、石评梅、张爱玲并称"民国四大才女"。代表作品有长篇小说《生死场》《马伯乐》《呼兰河传》等。

🌀 谈谈小散文 🌀

    《永远的憧憬和追求》写于1936年，是萧红回忆身世和童年的随笔散文。全文娓娓道来，追忆往事，怀念祖父，感情深切。

    初读文章，你会感慨："我"是多么不幸，九岁丧母，又遇着一个贪婪、吝啬、冷酷的父亲，他看"我"的眼神冷漠无情，"每从他的身边经过，我就像自己的身上生了针刺一样"，极大伤害了"我"幼小的心灵。

    读到祖父的出现，你会欣慰："我"是幸运的，"我"的人生似乎不只有"冰冷和憎恶"，有一道光照亮了"我"阴霾的生活，那就是祖父。祖父对房客的宽容、善良，深深地影响了"我"。在"我"被父亲无视、毒打的时光里，祖父给予了"我"爱与暖，他说"快快长吧！长大了就好了"。正是因为祖父，"我"对生活满怀热望。读完全文，谁不会被那个"大雪中的黄昏里，围着暖炉，围着祖父，听着祖父读着诗篇"的温馨场景感动呢？

大作家写给孩子的小散文

故乡的杨梅

◎王鲁彦

　　我的故乡在江南，我爱故乡的杨梅。

　　细雨如丝，一棵棵杨梅树贪婪地吮吸着春天的甘露。它们伸展着四季常绿的枝条，一片片狭长的叶子在雨雾中欢笑着。

　　端午节过后，杨梅树上挂满了杨梅。

　　杨梅圆圆的，和桂圆一样大小，遍身生着小刺。等杨梅渐渐长熟，刺也渐渐软了，平了。摘一个放进嘴里，舌尖触到杨梅那平滑的刺，是那样细腻而柔软。

　　杨梅先是淡红的，随后变成深红，最后几乎变成黑的了。它不是真的变黑，而是因为太红了，看上去像黑的。

你轻轻咬开它，就可以看见那新鲜红嫩的果肉，嘴唇上舌头上同时染满了鲜红的汁水。

没有熟透的杨梅又酸又甜，熟透了就甜津津的，叫人越吃越爱吃。我小时候，有一次杨梅吃得太多，感觉牙齿又酸又软，连豆腐也咬不动了。我这才知道，杨梅虽然熟透了，酸味还是有的，因为它太甜，吃起来就不觉得酸了。吃多了杨梅再吃别的东西，才感觉到牙齿已经被它酸倒了。

（节选，文字有删改）

◎ 聊聊大作家 ◎

王鲁彦（1901—1944），原名王衡，浙江镇海人。中国现代小说家。因旁听鲁迅的《中国小说史略》课程，大受裨益，遂取笔名"鲁彦"来表达对鲁迅先生的仰慕之情。代表作品有短篇小说集《柚子》《黄金》《菊英的出嫁》等。

◎ 谈谈小散文 ◎

《故乡的杨梅》写于1935年，是王鲁彦的散文代表作。文章开篇点题，用"我的故乡在江南，我爱故乡的杨梅"，奠定了全文的感情基调，并借写故乡的杨梅来抒发对故乡的真挚热爱与怀念。

作者先运用诗意的语言描绘了生机勃勃、枝繁叶茂的杨梅树。"贪婪"和"欢笑"两个词赋予树以人格特点，写出了杨梅树的鲜活。接着，分别从外形、颜色、口感三个方面描绘故乡杨梅的特点，文笔细腻优美。杨梅圆圆的，有刺，但是成熟后会变软变平，它的颜色会随着果实成熟不断变化。当读到"你轻轻咬开它，就可以看见那新鲜红嫩的果肉，嘴唇上舌头上同时染满了鲜红的汁水"时，你是不是也已经垂涎欲滴想尝一尝了呢？虽然杨梅"叫人越吃越爱吃"，但是吃多了反而会倒胃口。那作者又为什么念念不忘呢？因为难以割舍、惹人牵挂的，其实是故乡啊！

故乡的鸟

◎汪曾祺

故乡的鸟呵。

我每天醒在鸟声里。我从梦里就听到鸟叫，直到我醒来。我听得出几种极熟悉的叫声，那是每天都叫的，似乎每天都在那个固定的枝头。

有时一只鸟冒冒失失飞进那个花厅里，于是大家赶紧关门，关窗子，吆喝，拍手，用书扔，竹竿打，甚至把自己帽子向空中摔去。可怜的东西这一来完全没了主意，只是横冲直撞地乱飞，碰在玻璃上，弄得一身蜘蛛网，最后大概都是从两椽之间空隙脱走。

园子里时时晒米粉，晒灶饭，晒碗儿糕。怕鸟来吃，都放一片红纸。为了这个警告，鸟儿照例就不来，我有时把红纸拿掉让它们大吃一阵，到觉得它们太不知足时，便大喝一声赶去。

我为一只鸟哭过一次。那是一只麻雀或是癞花。也不知从甚么人处得来的，欢喜得了不得，把父亲不用的细篾笼子挑出一个最好的来给它住，配一个最好的雀碗，在插架上放了一个荸荠，安了两根风藤跳棍，整整忙了一半天。第二天起得格外早，把它挂在紫藤架下。正是花开的时候，我想是那全园最好的地方了。一切弄得妥妥当当后，独自还欣赏了好半天，我上学去了。一放学，急急回来，带着书便去看我的鸟。笼子掉在地下，碎了，雀碗里还有半碗水，"我的鸟，我的鸟呐！"父亲正在给碧桃花接枝，听见我的声音，忙走过来，把笼子拿起来看看，说："你挂得太低了，鸟在大伯的玳瑁猫肚子里了。"哇的一声，我哭了。父亲推着我的头回去，一面说："不害羞，这么大人了。"

有一年，园里忽然来了许多夜哇子。这是一种鹭鸶属的鸟，灰白色，据说它们头上那根毛能破天风。所以有那么一种名，大概是因为它的叫声如此吧。故乡古话说这种鸟常带来幸运。我见它们叽叽喳喳做窠了，我去告诉祖母，祖母去看了看，没有说甚么话。我想起它们来了，也有一天会像来了一样又去了的。我尽想，从来处来，从去处去，一路走，一路望着祖母的脸。

（节选自《汪曾祺全集》，文字有改动，标题为编者所加）

聊聊大作家

汪曾祺（1920—1997），江苏高邮人。中国当代作家，京派作家的代表人物，自称"中国式的抒情的人道主义者"，被誉为"20世纪中国最后一个纯粹的文人""中国最后一个士大夫"。代表作品有小说《受戒》《大淖记事》《异秉》等。

谈谈小散文

《故乡的鸟》是汪曾祺的散文代表作。文章开篇第一句就是"故乡的鸟呵"，点明主旨，直入正题。文章由故乡的鸟引发了对故园童年生活的美好回忆，伴着鸟声苏醒，听着熟悉的鸟鸣，让人想起了故乡的一点一滴。

作者回忆了儿时生活中与不同的鸟相遇的场景，采用白描式的语言，在自然中流露真情，极富生活情趣。你是不是也在牵挂那冒冒失失飞进花厅里的鸟逃走后的命运？你有没有因不知足地大吃米粉、灶饭、碗儿糕的鸟儿暗暗发笑，还是跟"我"一样为被大伯的玳瑁猫吃了的麻雀或是癞花哭泣？作者的爱鸟之情在文字间自然流淌，而这一幕幕往事勾起的岂止是对鸟儿们的想念，"我想起它们来了，也有一天会像来了一样又去了的。我尽想，从来处来，从去处去，一路走，一路望着祖母的脸。"借由故乡的鸟，作者想表达的其实是浓浓的思乡、思亲之情啊！

大作家写给孩子的小散文

扫码阅读全文

103

故乡的野菜

◎周作人

我的故乡不止一个，凡我住过的地方都是故乡。故乡对于我并没有什么特别的情分，只因钓于斯游于斯的关系，朝夕会面，遂成相识，正如乡村里的邻舍一样，虽然不是亲属，别后有时也要想念到他。我在浙东住过十几年，南京东京都住过六年，这都是我的故乡；现在住在北京，于是北京就成了我的家乡了。

日前我的妻往西单市场买菜回来，说起有荠菜在那里卖着，我便想起浙东的事来。荠菜是浙东人春天常吃的野菜，乡间不必说，就是城里只要有后园的人家都可以随时采食，妇女小儿各拿一把剪刀一只"苗篮"，蹲在地上搜寻，是一种有趣味的游戏的工作。

扫墓时候所常吃的还有一种野菜，俗名草紫，通称紫云英。农人在收获后，播种田内，用作肥料，是一种很被贱视的植物，但采取嫩茎瀹食，味颇鲜美，似豌豆苗。花紫红色，数十亩接连不断，一片锦绣，如铺着华美的地毯，非常好看，而且花朵状若蝴蝶，又如鸡雏，尤为小孩所喜。间有白色的花，相传可以治痢，很是珍重，但不易得。中国古来没有花环，但紫云英的花球却是小孩常玩的东西，这一层我还替那些小人们欣幸的。浙东扫墓用鼓吹，所以少年常随了乐音去看"上坟船里的姣姣"；没有钱的人家虽没有鼓吹，但是船头上篷窗下总露出些紫云英和杜鹃的花束，这也就是上坟船的确实的证据了。

（节选，文字有删改）

大作家写给孩子的小散文

◎ 聊聊大作家 ◎

周作人(1885—1967),原名櫆寿,字启明,号知堂等,浙江绍兴人。中国现代作家、翻译家,新文学运动的重要代表人物,《新青年》的主要撰稿人。代表作品有散文集《自己的园地》《知堂文集》等。

◎ 谈谈小散文 ◎

《故乡的野菜》写于1924年,是周作人的散文代表作。这是一篇至情至性的真散文,絮语般的文字体现了作者平和冲淡的文风,淡淡的文字背后镌刻了作者对浙东故乡的浓浓深情。本文构思新巧,独树一帜,正如郁达夫评价的那样,"觉得他的漫谈,句句含有分量,一篇之中,少一句就不对,一句之中,易一字也不可"。

全文开篇极力掩饰对浙东故乡的深情,试图用理性的文字拉开与浙东故乡的距离,但是客居他乡的游子怎么能够不惦记故乡?妻子买回家的普通的荠菜让"我"的思乡情喷涌而出,一幕幕"我"与故乡的生活场景历历在目。小小的野菜,美丽、有趣;浓浓的乡情,深沉、厚重。

作者在文中讲述了扫墓的习俗和可食用药用供孩子玩耍的紫云英。文章透过普通的野菜,让人感受到了浙东独有的风土人情。

风筝

◎鲁迅

北京的冬季，地上还有积雪，灰黑色的秃树枝丫叉于晴朗的天空中，而远处有一二风筝浮动，在我是一种惊异和悲哀。

故乡的风筝时节，是春二月，倘听到沙沙的风轮声，仰头便能看见一个淡墨色的蟹风筝或嫩蓝色的蜈蚣风筝。还有寂寞的瓦片风筝，没有风轮，又放得很低，伶仃地显出憔悴可怜的模样。但此时地上的杨柳已经发芽，早的山桃也多吐蕾，和孩子们的天上的点缀相照应，打成一片春日的温和。我现在在哪里呢？四面都还是严冬的肃杀，而久经诀别的故乡的久经逝去的春天，却就在这天空中荡漾了。

但我是向来不爱放风筝的，不但不爱，并且嫌恶它，

大作家写给孩子的小散文

因为我以为这是没出息孩子所做的玩意儿。和我相反的是我的小兄弟，他那时大概十岁内外罢，多病，瘦得不堪，然而最喜欢风筝，自己买不起，我又不许放，他只得张着小嘴，呆看着空中出神，有时竟至于小半日。远处的蟹风筝突然落下来了，他惊呼；两个瓦片风筝的缠绕解开了，他高兴得跳跃。他的这些，在我看来都是笑柄，可鄙的。

有一天，我忽然想起，似乎多日不很看见他了，但记得曾见他在后园拾枯竹。我恍然大悟似的，便跑向少有人去的一间堆积杂物的小屋去，推开门，果然就在尘封的什物堆中发现了他。他向着大方凳，坐在小凳上；便很惊惶地站了起来，失了色瑟缩着。大方凳旁靠着一个蝴蝶风筝的竹骨，还没有糊上纸，凳上是一对做眼睛用的小风轮，正用红纸条装饰着，将要完工了。我在破获秘密的满足中，又很愤怒他的瞒了我的眼睛，这样苦心孤诣地来偷做没出息孩子的玩意儿。我即刻伸手抓断了蝴蝶的一支翅骨，又将风轮掷在地下，踏扁了。论长幼，论力气，他是都敌不过我的，我当然得到完全的胜利，于是傲然走出，留他绝望地站在小屋里。后来他怎样，我不知道，也没有留心。

然而我的惩罚终于轮到了，在我们离别得很久之后，我已经是中年。我不幸偶尔看到了一本外国的讲论儿童的书，才知道游戏是儿童最正当的行为，玩具是儿童的天使。于是二十年来毫不忆及的幼小时候对于精神的虐杀的这一幕，忽地在眼前展开，而我的心也仿佛同时变了铅块，很重很重地坠下去了。

但心又不竟坠下去而至于断绝，他只是很重很重地坠着，坠着。

我也知道补过的方法的：送他风筝，赞成他放，劝他放，我和他一同放。我们嚷着，跑着，笑着。——然而他其时已经和我一样，早已有了胡子了。

我也知道还有一个补过的方法的：去讨他的宽恕，等他说，"我可是毫不怪你呵。"那么，我的心一定就轻松了，这确是一个可行的方法。有一回，我们会面的时候，是脸上都已添刻了许多"生"的辛苦的条纹，而我的心很沉重。我们渐渐谈起儿时的旧事来，我便叙述到这一节，自说少年时代的糊涂。"我可是毫不怪你呵。"我想，他要说了，我即刻便受了宽恕，我的心从此也宽松了罢。

"有过这样的事吗？"他惊异地笑着说，就像旁听着别人的故事一样。他什么也不记得了。

全然忘却，毫无怨恨，又有什么宽恕之可言呢？无怨的怨，说谎罢了。

我还能希求什么呢？我的心只得沉重着。

现在，故乡的春天又在这异地的空中了，既给我久经逝去的儿时的回忆，而一并也带着无可把握的悲哀。我倒不如躲到肃杀的严冬中去罢，——但是，四面又明明是严冬，正给我非常的寒威和冷气。

（文字有改动）

◎ 聊聊大作家 ◎

　　鲁迅（1881—1936），原名周树人，字豫才，浙江绍兴人。中国现代文学家、思想家，新文化运动的重要参与者，中国现代文学的奠基人。代表作品有小说集《呐喊》《彷徨》，散文诗集《野草》，散文集《朝花夕拾》，杂文集《坟》《热风》《华盖集》等。

◎ 谈谈小散文 ◎

　　《风筝》写于1925年，是鲁迅先生的散文名篇。这篇回忆性散文用白描的手法写景、叙事、抒情、说理，平实的文字蕴含了理性的思考。

　　文章开头作者由北京的风筝展开联想，描绘了故乡早春二月孩童放风筝的场景。接着回忆了"我"与弟弟关于风筝的往事。"我"嫌恶风筝，"以为这是没出息孩子所做的玩意儿"，"我"认为弟弟喜欢风筝是"可鄙的"，所以"我"看到他做风筝时，毫不留情地毁掉了它，让他绝望。年岁渐长后，"我"检讨自己，为当初的无知和扼杀弟弟孩童天性的冷酷，陷入深深的自责和懊悔。更让"我"无法淡忘的是这痛苦无法救赎，因为弟弟已然忘却。读到这里，让人"惊异和悲哀"，倍感"沉重"。

　　作者在文末进行了深刻的反省，反省家长式的专制制度，反省国人受奴役良久，感到唤醒民众思想觉悟的艰难，表达了对旧社会的憎恶和对新生活的憧憬。

大作家写给孩子的小散文

第十五章 异域他乡

异国秋思

◎庐隐

自从我们搬到郊外以来，天气渐渐清凉了。那短篱边牵延着的毛豆叶子，已露出枯黄的颜色来，白色的小野菊，一丛丛由草堆里钻出头来，还有小朵的黄花在凉劲的秋风中抖颤。这一些景象，最容易勾起人们的秋思，况且身在异国呢！低声吟着"帘卷西风，人比黄花瘦"之句，这个小小的灵宫，是弥漫了怅惘的情绪。

书房里格外显得清寂，那窗外蔚蓝如碧海似的青天和淡金色的阳光。还有挟着桂花香的阵风，都含了极强烈的、挑拨人类心弦的力量，在这种刺激之下，我们不能继续那死板的读书工作了。在那一天午饭后，波便提议到附近吉祥寺去看秋景，三点多钟我们乘了市外电车前去，——这路程太近了，我们的身体刚刚坐稳便到了。走出长甬道的车站，绕过火车轨道，就看见一座高耸的木牌坊，在横额上有几个汉字写着"井之头恩赐公园"。我们走进牌坊，便见马路两旁树木葱笼，绿荫匝地，一种幽妙的意趣，萦绕脑际，我们怔怔地站在树影下，好

像身入深山古林了。在那枝柯掩映中，一道金黄色的柔光正荡漾着。使我想象到一个披着金绿柔发的仙女，正赤着足，踏着白云，从这里经过的情景。再向西方看，一抹彩霞，正横在那叠翠的峰峦上，如黑点的飞鸦，穿林翩翩。我一缕的愁心真不知如何安排，我要吩咐征鸿它带回故国吧！无奈它是那样不着迹地去了。

我们徘徊在这浓绿深翠的帷幔下，竟忘记前进了。一个身穿和服的中年男人，脚上穿着木屐，踢嗒踢嗒地来了。他向我们打量着，我们为避免他的觑视，只好加快脚步走向前去。经过这一带森林，前面有一条鹅卵石堆成的斜坡路，两旁种着整齐的冬青树，只有肩膀高，一阵阵的青草香，从微风里荡过来。我们慢步地走着，陡觉神气清爽、一尘不染。下了斜坡，面前立着一所小巧的东洋式茶馆，里面设了几张小矮几和坐褥，两旁列着柜台，红的蜜桔、青的苹果、五色的杂糖，错杂地罗列着。

我们便向前面野草漫径的小路上走去，忽然听见一阵悲恻的唏嘘声，我仿佛看见张着灰色翅翼的秋神，正躲在那厚密的枝叶背后。立时那些枝叶都窸窸窣窣地颤抖起来。草底下的秋虫，发出连续的唧唧声，我的心感到一阵阵的凄冷；不敢向前去，找到路旁一张长木凳坐下。我用滞呆的眼光，向那一片阴阴森森的丛林里睁视，当微风分开枝柯时，我望见那小河里潺潺碧水了。水上皱起一层波纹，一只小划子，从波纹上溜过。两个少女摇着桨，低声唱着歌儿。我看到这里，又无端感触起来，觉得喉头梗塞，不知不觉叹道："故国不堪回首月明中"，同时那北海的红漪清波浮现眼前，那些手携情侣的男男女女，恐怕也正摇着划桨，指点着眼前清丽秋景，低语款款吧！况且又是菊茂蟹肥时候，料想长安市上，车水马龙，正不少欢乐的宴聚，这漂泊异国，秋思凄凉的我们当然是无人想起的。不过，我们却深深地眷怀着祖国，渴望得些好消息呢！况且我们又是神经过敏的，揣想到树叶凋落的北平，凄风吹着，冷雨洒着的这些穷苦的同胞，也许正向茫茫的苍天悲诉呢！唉，破碎紊乱的祖国呵！北海的风光不能粉饰你的寒碜！今雨轩的灯红酒绿，不能安慰忧患的人生，深深眷念着祖国的我们，这一颗因热望而颤抖的心，最后是被秋风吹冷了。

（节选，文字有删改）

大作家写给孩子的小散文

◎ 聊聊大作家 ◎

庐隐(1899—1934),原名黄淑仪,又名黄英,笔名"庐隐",有隐去庐山真面目的意思,福建福州人。中国现代女作家,与冰心、林徽因并称"福州三大才女"。代表作品有小说《海滨故人》《归雁》《象牙戒指》等。

◎ 谈谈小散文 ◎

《异国秋思》写于1932年,是庐隐的散文代表作。读文题,我们仿佛可以窥见身处异国他乡的作者,在凉凉的秋日里浓浓的离愁别绪,字里行间将异国的自然之景与故园之思融于一处。

作者旅居东京郊外,秋色秀美幽深,"那短篱边牵延着的毛豆叶子,已露出枯黄的颜色来,白色的小野菊,一丛丛由草堆里钻出头来,还有小朵的黄花在凉劲的秋风中抖颤"。出外游玩本为排遣思乡忧国的愁绪,可望着日本清丽的秋景,作者想到的却是"北海的红漪清波",是"长安市上,车水马龙,正不少欢乐的宴聚",是"深深地眷怀着祖国"。

全文善用古诗文,使得文章极富意蕴,显得精巧又别致。比如,用"帘卷西风,人比黄花瘦"来凸显"怅惘的情绪",奠定了秋思的基调;再比如,用"故国不堪回首月明中"来渲染对"破碎紊乱的祖国"的深沉思念,以及借用"秋虫"等意象表现心中的愁思。

威尼斯

◎邹韬奋

在太平洋未取地中海的势力而代之的时候，威尼斯实为东西商业贸易上最重要的一个城市，在世界史上出过很大的风头，现在是意国的一个重要的商埠和海军军港，在港口禁止旅客摄影，同时也是欧美旅客麇集之地。该城不大，约二十五里长，九里宽。第一特点是河流之多，除少数的几条街道外，简直就把河当作街道，两旁房屋的门口就是河，仿佛像涨了大水似的。我国的苏州的河流也特多，有人把我国的苏州来比威尼斯，其实苏州的河流虽多，还不是一出门口就是河。以这小小的威尼斯，除有一条两百尺左右阔的大运河（Canal Grande），像S字形似的贯穿全城外，布满全城的还有一百五十条小运河，上面架着三百七十八条桥（大多数是石造的，下有圆门），我觉得这个城简直就可称为"水城"。除附近的一个小岛利都（Lido）上面有电车外，全城没有一

大作家写给孩子的小散文

辆任何形式的车子，只有小艇和公共汽船。小艇好像端午节的龙船，两头向上跷，不过没有那样长，里面有漆布的软垫椅，可坐四个人至六个人，船后有一个摇桨，在水上来来去去，就好像陆地上的马车。公共汽船的外形也好像上海马路上的电车或公共汽车，船上的喇叭声和上海的公共汽车的喇叭声一样。我们在画片上所见的威尼斯的景象，往往是两旁洋房夹着一条运河，上面架着一条圆门的桥，河上一个小艇在荡漾着，这确是威尼斯很普遍的景象。

除许多运河外，有若干街道都是用长方形的石头铺成的，有的只有五尺宽，路倒铺得很平，因为没有任何车辆，所以石头也不易损坏，在这样的街道上接踵摩肩的男男女女，就只有两脚车——步行——可用。街道虽窄，两旁装着大玻璃窗的种种商店却很整洁。街上行人衣冠整洁的很多，和布林的西的很不同。原来大多数都是由欧美各国来的游客，尤其多的是来自号称"金圆国"的阔佬。

威尼斯最使游客留恋的是圣马可广场（Riazzadi San Marco）和该场附近的宏丽的建筑物。该广场全系长方形的平滑的石头铺成的，有的地方用大理石，长有一百九十二码，阔自六十一码至九十码，三面都有雄伟的皇宫包围着，最下层都开满咖啡店和各种商店，东边巍然屹立着圣马可大教堂（San Marco），内外只大理石的石柱就有五百余根之多，建于第九世纪。该广场上夜里电灯辉煌，胜于白昼，游客成群结队，热闹异常。在圣马可广场附近的有大侯宫（Palazzo Ducale）一座，亦建于第九世纪。宫前有大广场，宫的对面咖啡馆把藤制的椅桌数百只排在沿路，坐着观览的游客无数。圣马可大教堂的右边有圣马可钟楼（Campaniledi San Mario），三百二十五尺高，建于第九世纪末年。里面设有电梯，登高一望，全城如在脚下。此外还到威尼斯

大作家写给孩子的小散文

城的东南一小岛名利都的看了一番，该处有世界著名的游泳场。游泳场后面的花草布置得非常美丽，游泳而出，在街上走的男女很多，女子多穿着大裤管的裤子，上面穿着薄的衬衫，有的就只挂着一条这样的大裤子，上半身除挂裤的两条带子外，就老实赤膊，在街道上大摇大摆着，看上去好像她这条裤子都是很勉强挂着似的！

自然，这班男女并不是一般意大利人民，多是本国和欧美各国的少数特权阶级，只有他们才有享用这样生活的可能。该处既为有闲阶级而设，讲究的餐馆和旅馆的设备齐全，都是不消说的。

（节选，文字有删改）

◎ 聊聊大作家 ◎

邹韬奋（1895—1944），本名恩润，祖籍江西余江（今鹰潭市余江区），生于福建永安。中国现代出版家、新闻记者，爱国民主人士，为救国会七君子之一。代表作品有散文随笔类小说《萍踪寄语》《坦白集》等。

◎ 谈谈小散文 ◎

《威尼斯》写于1933年，是邹韬奋的散文代表作。说到威尼斯，人们第一个反应就是"水城"。什么是水城呢？想想我国的苏州吧，它被称为"东方威尼斯"。那威尼斯这座异域名城是怎样的呢？我们不妨跟着作者揭开这千古名城的神秘面纱，感受异邦的风土人情。

这篇游记采用旁观者的叙述视角，重在记叙、说明威尼斯的景观，目的在于向读者介绍这座特别的城市的美丽。具体来说，它运用横式结构，抓住景物的特点安排材料，突出表现了威尼斯河流之多、市容整洁、建筑宏丽这三大特点，条理清晰，讲述精当。

如果你是游客，跟着作者游历这座名城，也会为它独特的交通工具"小艇"而啧啧称奇，为这座城市街道和人们衣着的整洁干净而折服，为"游客成群结队，热闹异常"的圣马可大教堂而深深吸引吧？

大作家写给孩子的小散文

扫码阅读全文

翡冷翠山居闲话

◎徐志摩

在这里出门散步去，上山或是下山，在一个晴好的五月的向晚，正像是去赴一个美的宴会，比如去一果子园，那边每株树上都是满挂着诗情最秀逸的果实，假如你单是站着看还不满意时，只要你一伸手就可以采取，可以恣尝鲜味，足够你性灵的迷醉。阳光正好暖和，决不过暖；风息是温驯的，而且往往因为他是从繁花的山林里吹度过来，他带来一股幽远的淡香，连着一息滋润的水气，摩挲着你的颜面，轻绕着你的肩腰，就这单纯的呼吸已是无穷的愉快；空气总是明净的，近谷内不生烟，远山上不起霭，那美秀风景的全部正像画片似的展露在你的眼前，供你闲暇的鉴赏。

作客山中的妙处，尤在你永不须踌躇你的服色与体态；你不妨摇曳着一头的蓬草，不妨纵容你满腮的苔藓；你爱穿什么就穿什么；扮一个牧童，扮一个渔翁，装一个农夫，装一个走江湖的桀卜闪，装一个猎户；你再不必提心整理你的领结，你尽可以不用领结，给你的颈根

与胸膛一半日的自由，你可以拿一条这边颜色的长巾包在你的头上，学一个太平军的头目，或是拜伦那埃及装的姿态；但最要紧的是穿上你最旧的旧鞋，别管他模样不佳，他们是顶可爱的好友，他们承着你的体重却不叫你记起你还有一双脚在你的底下。

你一个人漫游的时候，你就会在青草里坐地仰卧，甚至有时打滚，因为草的和暖的颜色自然的唤起你童稚的活泼；在静僻的道上你就会不自主的狂舞，看着你自己的身影幻出种种诡异的变相，因为道旁树木的阴影在他们纡徐的婆娑里暗示你舞蹈的快乐；你也会得信口的歌唱，偶尔记起断片的音调，与你自己随口的小曲，因为树林中的莺燕告诉你春光是应得赞美的；更不必说你的胸襟自然会跟着漫长的山径开拓，你的心地会看着澄蓝的天空静定，你的思想和着山壑间的水声，山罅里的泉响，有时一澄到底的清澈，有时激起成章的波动，流，流，流入凉爽的橄榄林中，流入妩媚的阿诺河去……

　　并且你不但不须应伴，每逢这样的游行，你也不必带书。书是理想的伴侣，但你应得带书，是在火车上，在你住处的客室里，不是在你独身漫步的时候。什么伟大的深沉的鼓舞的清明的优美的思想的根源不是可以在风籁中，云彩里，山势与地形的起伏里，花草的颜色与香息里寻得？自然是最伟大的一部书，歌德说，在他每一页的字句里我们读得最深奥的消息。并且这书上的文字是人人懂得的；阿尔帕斯与五老峰，雪西里与普陀山，来因河与扬子江；梨梦湖与西子湖，建兰与琼花，杭州西溪的芦雪与威尼市夕照的红潮，百灵与夜莺，更不提一般黄的黄麦，一般紫的紫藤，一般青的青草同在大地上生长，同在和风中波动——他们应用的符号是永远一致的，他们的意义是永远明显的，只要你自己心灵上不长疮癯，眼不盲，耳不塞，这无形迹的最高等教育便永远是你的名分，这不取费的最珍贵的补剂便永远供你的受用；只要你认识了这一部书，你在这世界上寂寞时便不寂寞，穷困时不穷困，苦恼时有安慰，挫折时有鼓励，软弱时有督责，迷失时有南针。

　　　　　　　　　　　　　（节选，文字有删改）

◉ 聊聊大作家 ◉

徐志摩（1897—1931），原名章垿（xù），字槱（yǒu）森，浙江海宁人。中国现代诗人、散文家，"新月派"的代表人物。代表作品有《再别康桥》，诗集《翡冷翠的一夜》等。

◉ 谈谈小散文 ◉

《翡冷翠山居闲话》是徐志摩的散文代表作，写于1925年，当时作者正旅居意大利的名城翡冷翠(今译"佛罗伦萨")。为什么叫"闲话"？因为全文既未描述名城的风光，也未记叙日常生活，而是从眼前的景物生发出个人的冥想与独特的情思。

全文开篇始于散步，"像是去赴一个美的宴会，比如去一果子园"，运用两个新鲜的比喻点明"山居之妙"，作者心底的喜悦呼之欲出。接着采用一连串假设句，细致描绘山居的衣着装扮，自由随性，畅快超脱。再用华丽的语言铺陈山居之趣，你可以在青草地上"坐地仰卧"，甚至"打滚"，也能在幽僻的路上"狂舞"，还能信口"歌唱"，"你的心地会看着澄蓝的天空静定，你的思想和着山壑间的水声，山罅里的泉响"。

作者用诗的笔法来写散文，大量的排比、对偶营造诗意诗情，读者仿若亲历了人与自然对话的曼妙精神之旅。

大作家写给孩子的小散文

扫码阅读全文

在一个边境的站上

◎戴望舒

夜间十二点半从鲍尔陀开出的急行列车，在侵晨六点钟到了法兰西和西班牙的边境伊隆。在朦胧的意识中，我感到急骤的速率宽弛下来，终于静止了。有人在用法西两国语言报告着："伊隆，大家下车！"

睁开睡眼向车窗外一看，呈在我眼前的只是一个像法国一切小车站一样的小车站而已。冷清清的月台，两三个似乎还未睡醒的搬运夫，几个态度很舒闲地下车去的旅客。我真不相信我已到了西班牙的边境了，但是一个声音却在更响亮地叫过来：

——"伊隆，大家下车！"

匆匆下了车，我第一个感到的就是有点寒冷。是侵晓的气冷呢，是新秋的薄寒呢，还是从比雷奈山间夹着雾吹过来的山风？我翻起了大氅的领，提着行囊就往出口走。

走出这小门就是一间大敞间，里面设着一圈行李检查台和几道低木栅，此外就没有什么别的东西。这是法兰西和西班牙的交界点，走过了这个敞间，那便是西班牙了。我把行李照别的旅客一样地放在行李检查台上，便有一个检查员来翻看了一阵，问我有什么报税的东西，接着在我的提箱上用粉笔划了一个字，便打发我走了。再走上去是护照查验处。那是一个像车站卖票处一样的小窗洞。电灯下面坐着一个留着胡子的中年人。单看他的炯炯有光的眼睛和他手头的那本厚厚的大册子，你就会感到不安了。我把护照递给了他。他翻开来看了看里昂西班牙领事的签字，把护照上的照片看了一下，向我好奇地看了一眼，问了我一声到西班牙的目的，把我的姓名录到那本大册子中去，在护照上捺了印；接着，和我最初的印象相反地，他露出微笑来，把护照交还了我，依然微笑着对我说："西班牙是一个可爱的地方，到了那里你会不想回去呢。"

真的，西班牙是一个可爱的地方，连这个护照查验员也有他的固有的可爱的风味。

这样地，经过了一重木栅，我踏上了西班牙的土地。

过了这一重木栅，便好像一切都改变了：招纸，揭示牌都有西班牙文写着，那是不用说的，就是刚才在行李检查处和搬运夫用沉浊的法国南部语音开着玩笑的工人型的男子，这时也用清朗的加斯谛略语和一个老妇人交谈起来。天气是显然地起了变化，暗沉沉的天空已澄碧起来，而在云里透出来的太阳，也驱散了刚才的薄寒，而带来了温煦。然而最明显的改变却是在时间上。在下火车的时候，我曾经向站上的时钟望过一眼：六点零一分。检查行李，验护照等事，大概要花去我半小时，那么现在至少是要六点半了吧。并不如此。在西班牙的伊隆站的时钟上，时针明明地标记着五点半，事实是西班牙的时间和法兰西的时间因为经纬度的不同而相差一小时，而当时在我的印象中，却觉得西班牙是永远比法兰西年轻一点。

（节选，文字有删改）

◎ 聊聊大作家 ◎

戴望舒（1905—1950），浙江杭州人。中国现代诗人，是现代诗派代表人物，因创作《雨巷》而被称为"雨巷诗人"，其作品讲究音乐性和象征性。代表作品有诗集《望舒草》《灾难的岁月》等。

◎ 谈谈小散文 ◎

《在一个边境的站上》写于1934年，是戴望舒的散文名篇。戴望舒以诗闻名，号称"雨巷诗人"，而他的散文也不自觉地带有诗意。

伊隆，只是西班牙的一个边境小镇，毫无特色，作者逗留时间也很短暂，但见闻和感受却别具一格。读者透过文本，不仅可以看到一个鲜活的小镇，也可以看到一个可爱、真实的西班牙。

文章主体部分写了小站签证的场景，一位西班牙男人微笑着把护照送还作者时说道："西班牙是一个可爱的地方"，接着作者也情不自禁感叹："真的，西班牙是一个可爱的地方"。这句话反复出现，奠定了全文的基调。文章结尾写到西班牙和法兰西的时差，因为经纬度不同而相差一小时，而就是这一小时，让作者觉得"西班牙是永远比法兰西年轻一点"，呼应了"西班牙是一个可爱的地方"，表达了作者的喜爱之情。

大作家写给孩子的小散文

扫码阅读全文

金字塔夜月

◎杨朔

听埃及朋友说，金字塔的夜月，朦朦胧胧的，仿佛是富有幻想的梦境。我去，却不是为的寻梦，倒想亲自多摸摸这个民族的活生生的历史。

白天里，游客多，趣味也杂。有人喜欢骑上备着花鞍子的阿拉伯骆驼，绕着金字塔和人面狮身的司芬克斯大石像转一转；也有人愿意花费几个钱，看那矫健的埃及人能不出十分钟嗖嗖爬上爬下四百五十尺高的金字塔。这种种风光，热闹自然热闹，但总不及夜晚的金字塔来得迷人。

我去的那晚上，乍一到，未免不巧，黑沉沉的，竟不见月亮的消息。金字塔仿佛融化了似的，融到又深又浓的夜色里去，临到跟前才能看清轮廓。塔身全是一庹多长的大石头垒起来的。顺着石头爬上几层，远远眺望着灯火点点的开罗夜市，不觉引起我一种茫茫的情思。白天我也曾来过，还钻进塔里，顺着一条石廊往上爬，直钻进半腰的塔心里去，那儿就是当年放埃及王"法老"石棺的所在。空棺犹存，却早已残缺不堪。今夜我攀上金字塔，细细抚摸那沾着古埃及人民汗渍的大石头，不能不从内心发出连连的惊叹。试想想，五千多年前，埃及人民究竟用什么鬼斧神工，创造出这样一座古今奇迹？我一时觉得：金字塔里藏的不是什么"法老"的石棺，却是埃及人民无限惊人的智慧；金字塔也不是什么"法老"的陵墓，却是这个民族精神的化身。

晚风从沙漠深处吹来，微微有点凉。幸好金字塔前有座幽静的花园，露天摆着些干净座位，卖茶卖水。我约会几位同去的朋友进去叫了几杯土耳其热咖啡，喝着，一面谈心。灯影里，照见四外散立着好几尊石像。我凑到一尊跟前细瞅了瞅，古色古香的，猜想是古帝王的刻像，便抚着石像的肩膀笑问道："你多大年纪啦？"

那位埃及朋友从一旁笑应道："三千岁啦。"

我又抚摸着另一尊石像问："你呢？"

埃及朋友说："我还年轻，才一千岁。"

我笑起来："好啊，你们这把年纪，好歹都可以算作埃及历史的见证人。"

埃及朋友说："要论见证人，首先该推司芬克斯先生，五千年了，什么没经历过？"

旁边传来一阵放浪的笑声。这时我们才留意到在一所玻璃房子里坐着几个白种人，正围着桌子喝酒，张牙舞爪的，都有点醉意。

埃及朋友故意干咳两声，悄悄对我说："都是些美国商人。"

我问道："做什么买卖的？"

埃及朋友一瘪嘴说："左右不过是贩卖原子弹的！"

于是我问道："你们说原子弹能不能毁了金字塔？"

同游的日本朋友吃过原子弹的亏，

应道："怎么不能？一下子什么都完了。"

话刚说到这儿，有人喊："月亮上来了。"

好大的一轮，颜色不红不黄的，可惜缺了点边儿，不知几时从天边爬出来。我们就去踏月。

月亮一露面，满天的星星惊散了。远近几座金字塔都从夜色里透出来，背衬着暗蓝色的天空，显得又庄严，又平静。往远处一望那利比亚沙漠，笼着月色，雾茫茫的，好静啊，听不见一星半点动静，只有三两点夜火，隐隐约约闪着亮光。一恍惚，我觉得自己好像走进埃及远古的历史里去，眼前正是一片世纪前的荒漠。

而那个凝视着埃及历史的司芬克斯正卧在我的面前。月亮地里，这个一百八十多英尺长的人面狮身大物件显得那么安静，又那么驯熟。都说，它脸上的表情特别神秘，永远是个猜不透的谜。天荒地老，它究竟藏着什么难言的心事呢？

（节选，文字有删改）

大作家写给孩子的小散文

🌀 聊聊大作家 🌀

杨朔（1913—1968），原名杨毓瑨，字莹叔，山东蓬莱人。中国当代作家，与刘白羽、秦牧并称"中国当代散文三大家"。代表作品有散文集《海市》《荔枝蜜》《东风第一枝》，长篇小说《三千里江山》等。

🌀 谈谈小散文 🌀

《金字塔夜月》写于1957年，是杨朔的散文名篇。

埃及金字塔世界闻名，当皎洁的月光笼罩这古老的建筑，金字塔的夜月真的"朦朦胧胧的，仿佛是富有幻想的梦境"吗？那就跟着作者一起感受金字塔的夜月，触摸历史的深邃吧。也许最后你会和作者一样，不约而同地感叹："我去，却不是为的寻梦，倒想亲自多摸摸这个民族的活生生的历史。"

文章首先叙述了"我"在夜色下游览金字塔的见闻和感受，当"我攀上金字塔，细细抚摸那沾着古埃及人民汗渍的大石头"，"我"内心不由惊叹五千多年前埃及人民的鬼斧神工才"创造出这样一座古今奇迹"，它是民族智慧的结晶和精神的化身。而作为凝望者的司芬克斯，它脸上的表情那么神秘，让人猜不透，它见证了埃及人五千年的苦难，也守卫了埃及人五千年的岁月。

第十六章 处世哲学

善 言

◎梁遇春

扫码阅读全文

曾子说："人之将死，其言也善。"真的，人们糊里糊涂过了一生，到将瞑目时候，常常冲口说出一两句极通达的、含有诗意的妙话。歌德以为小孩初生下来的呱呱一声是天上人间至妙的声音，我看弥留的模糊呓语有时会同样地值得领味。前天买了一本梁巨川先生遗笔，夜里灯下读去，看到绝命书最后一句话是"不完亦完"，掩卷之后大有"为之掩卷"之意。

宇宙这样子"大江流日夜"地不断地演进下去，真是永无完期，就说宇宙毁灭了，那也不过是它的演进里一个过程罢。仔细看起来，宇宙里万事万物无一不是永逝不回，岂单是少女的红颜而已。人们都说花有重开日，人无再少年，可是今年欣欣向荣的万朵娇红绝不是去年那一万朵。若是只要今年的花儿同去年的一样热闹，就可以算去年的花是青春长存，那么世上岂不是无时无刻都有那么多的少年少女，又何取乎惋惜。此刻的宇宙再过多少年后会完全换个面目，那么这个宇宙岂不是毁灭了吗？所谓有生长也就是灭亡的意思，因为已非那么一回事了。十岁的我与现在的我是全异其趣的，那么我也可以说已经夭折了。宗教家斤斤于世界末日之说，实在世界任一日都是末日。入世的圣人虽然看得透这两面道理，却只微笑地说"生生之谓易"，这也是中国人晓得凑趣的地方。但是我却觉得把死死这方面也揭破，看清这里面的玲珑玩意儿，却更妙得多。晓得了我们天天都是死过去了，那么也懒得去干自杀这件麻烦的勾当了。那时我们做人就达到了吃鸡蛋的禅师和喝酒的鲁智深的地步了。多么大方呀，向普天下善男信女唱个大喏！

这些话并不是劝人们袖手不做事业，天下真真做出事情的人们都是知其不可而为之。诸葛亮心里恐怕是雪亮的，也晓得他总弄不出玩意来，然而他却肯"鞠躬尽瘁，死而后已"。这叫做"做人"。若使你觉无事此静坐是最值得干的事情，那也何妨做了一生的因是子，就是没有面壁也是可以的。总之，天下事不完亦完，完亦不完，顾着自己的心情在这个梦梦的世界去建筑起一个梦的宫殿罢，的确一天也该运些砖头。明眼人无往而不自得，就是因为他知道天下事无一值得执着的，可是高僧也喜欢拿一串数珠，否则他们就是草草此生了。

梁遇春（1906—1932），笔名驭聪、秋心等，福建闽侯人。中国现代散文家、翻译家，其散文风格别具一格，兼有中西方文化特色，被郁达夫誉为"中国的伊利亚"。代表作品有散文集《春醪集》《泪与笑》《春雨》等。

◎ 谈谈小散文 ◎

《善言》收录于散文集《泪与笑》，是梁遇春的散文代表作。

文章开篇点题，引用曾子的名言"人之将死，其言也善"，指出"善言"是"极通达的、含有诗意的妙话"。歌德以为新生婴儿的啼哭是"至妙的声音"，但作者认为"弥留的模糊呓语"和绝命书的遗言，如果能让人有所领悟，掩卷长思，亦为妙话。作者的观点别有新意，颇有西方哲人的风味。

接下来，作者用宇宙的演进与毁灭、花朵的绽放与凋零、少女青春的逝去与长存为喻，告诉我们"所谓有生长也就是灭亡的意思"。为人处世应该通达看待生死，并非苟活于世，要"知其不可而为之"敢于做真事。在心理上又要像诸葛亮、高僧一样通透，认定值得干的事就做下去，哪怕毫无结果。文末作者自嘲筑一个梦的宫殿有如运砖一样普通，但是执着之人无事不成，敬告世人切莫草草度过此生。统观全文，作者的善言实为睿智之言。

大作家写给孩子的小散文

扫码阅读全文

画 虎

◎朱湘

"画虎不成反类狗，刻鹄不成终类鹜。"自从这两句话一说出口，中国人便一天没有出息似一天了。

谁想得到这两句话是南征交趾的马援说的。听他说这话的侄儿，如若明白道理，一定会反问："伯伯，你老人家当初征交趾的时候，可曾这样想过：征交趾如若不成功，那就要送命，不如作一篇《南征赋》罢。因为《南征赋》作不成，终究留得有一条性命。"

这两句话为后人奉作至宝。单就文学方面来讲，一班胆小如鼠的老前辈便是这样警劝后生：学老杜罢，学老杜罢，千万不要学李太白。因为老杜学不成，你至少还有个架子；学不成李的时候，你简直一无所有了。这学的风气一盛，李杜便从此不再出现于中国诗坛之上了。所有

的只是一些杜的架子，或一些李的架子。试问这些行尸走肉的架子、这些骷髅，它们有什么用？光天化日之下，与其让这些怪物来显形，倒不如一无所有反而好些。因为人真知道了无，才能创造有；拥着伪有的时候，决无创造真有之望。

狗，鹜。鹜真强似狗吗？试问它们两个当中，是谁怕谁？是狗怕鹜呢？还是鹜怕狗？是谁最聪明，能够永远警醒，无论小偷的脚步多么轻，它都能立刻扬起愤怒之呼声将鄙贱惊退？

画不成的老虎，真像狗；刻不成的鸿鹄，真像鹜吗？不然，不然。成功了便是虎同鹄，不成功时便都是怪物。

成功又分两种：一种是画匠的成功，一种是画家的成功。画匠只能模拟虎与鹄的形色，求到一个像罢了。画家他深探入创形的秘密，发见这形后面有一个什么神，发号施令，在陆地则赋形为劲悍的肢体、巨丽的皮革，

在天空则赋形为剽疾的翩翼、润泽的羽毛；他然后以形与色为血肉毛骨，纳入那神，搏成他自己的虎鹄。

拿物质文明来比方：研究人类科学的人如若只能亦步亦趋，最多也不过贩进一些西洋的政治学、经济学，既不合时宜，又常多短缺。实用物质科学的人如若只知萧规曹随，最多也不过摹成一些欧式的工厂商店，重演出惨剧，肥寡不肥众。日本便是这样：它古代摹拟到一点中国的文化，有了它的文字、美术；近代摹拟到一点西方的文化，有了它的社会实业：它只是国家中的画匠。我们这有几千年特质文化的国家不该如此。我们应该贯进物质文化的内心，搜出各根柢原理，观察它们是怎样配合的，怎样变化的，再追求这些原理之中有哪些应当铲除，此外还有些什么原理应当加入，然后淘汰扩张，重新交配，重新演化，以造成东方的物质文化。

东方的画师呀！麒麟死了，狮子睡了，你还不应该拿起那枝当时伏羲画八卦的笔来，在朝阳的丹凤声中，点了睛，让困在壁间的龙腾越上苍天吗？

◎ 聊聊大作家 ◎

朱湘（1904—1933），字子沅，安徽太湖人。中国现代诗人，被鲁迅誉为"中国的济慈"，与饶孟侃（字子离）、孙大雨（字子潜）、杨世恩（字子惠）并称"清华四子"。代表作有品诗集《夏天》《草莽集》等。

◎ 谈谈小散文 ◎

《画虎》是一篇富有哲学思辨性的散文，是朱湘的散文名篇。

在文章选材上，作者以小见大，从画画入手来说理，指出了"画虎类狗"的出处和世人"奉作至宝"的危害。接着，作者分析了成功的两种情形：画匠的形似和画家的神似。然后推论到物质文明的建设，不应该跟在别国后面"亦步亦趋"，而应该求变求发展打造"东方的物质文化"。"画虎类狗"原本是个逆命题，作者却反其道而行之，延伸出新的肯定命题，大力提倡打破陈规敢于创造的精神，正如作者所言"人真知道了无，才能创造有；拥着伪有的时候，决无创造真有之望"。

文末画龙点睛，提出殷切希望：东方的画师应该拿起画笔，"让困在壁间的龙腾越上苍天"，让我们的祖国自立于世界民族之林。以此结尾，既深化了主题，又揭示了文旨。

大作家写给孩子的小散文

扫码阅读全文

差不多先生传

◎胡适

你知道中国最有名的人是谁？

提起此人，人人皆晓，处处闻名。他姓差，名不多，是各省各县各村人氏。你一定见过他，一定听过别人谈起他。差不多先生的名字天天挂在大家的口头，因为他是中国全国人的代表。

差不多先生的相貌和你和我都差不多。他有一双眼睛，但看的不很清楚；有两只耳朵，但听的不很分明；有鼻子和嘴，但他对于气味和口味都不很讲究。他的脑子也不小，但他的记性却不很精明，他的思想也不很细密。

他常常说："凡事只要差不多，就好了。何必太精明呢？"

他小的时候，他妈叫他去买红糖，他买了白糖回来。他妈骂他，他摇摇头

说："红糖白糖不是差不多吗？"

他在学堂的时候，先生问他："直隶省的西边是哪一省？"他说是陕西。先生说："错了。是山西，不是陕西。"他说："陕西同山西，不是差不多吗？"

后来他在一个钱铺里做伙计；他也会写，也会算，只是总不会精细。十字常常写成千字，千字常常写成十字。掌柜的生气了，常常骂他。他只是笑嘻嘻地赔小心道："千字比十字只多一小撇，不是差不多吗？"

有一天，他为了一件要紧的事，要搭火车到上海去。他从从容容地走到火车站，迟了两分钟，火车已开走了。他白瞪着眼，望着远远的火车上的煤烟，摇摇头道："只好明天再走了，今天走同明天走，也还差不多。可是火车公司未免太认真了。八点三十分开，同八点三十二分开，不是差不多吗？"他一面说，一面慢慢地走回家，心里总不明白为什么火车不肯等他两分钟。

有一天，他忽然得了急病，赶快叫家人去请东街的汪医生。那家人急急忙忙地跑去，一时寻不着东街的汪大夫，却把西街牛医王大夫请来了。差不多先生病在床上，知道寻错了人；但病急了，身上痛苦，心里焦急，等不得了，心里想道："好在王大夫同汪大夫也差不多，让他试试看罢。"于是这位牛医王大夫走近床前，用医牛的法子给差不多先生治病。不上一点钟，差不多先生就一命呜呼了。

差不多先生差不多要死的时候，一口气断断续续地说道："活人同死人也差……差……差不多，……凡事只要……差……差……不多……就……好了，……何……何……必……太……太认真呢？"他说完了这句话，方才绝气了。

他死后，大家都称赞差不多先生样样事情看得破，想得通；大家都说他一生不肯认真，不肯算账，不肯计较，真是一位有德行的人。于是大家给他取个死后的法号，叫他作圆通大师。

他的名誉越传越远，越久越大。无数无数的人都学他的榜样。于是人人都成了一个差不多先生。——然而中国从此就成为一个懒人国了。

◎ 聊聊大作家 ◎

　　胡适（1891—1962），字适之，安徽绩溪人。中国现代思想家、哲学家、文学家，新文化运动的领导人之一，倡导白话文，提倡新文学。代表作品有专著《中国哲学史大纲》，诗集《尝试集》，作品集《胡适文存》等。

◎ 谈谈小散文 ◎

　　《差不多先生传》是胡适在1924年创作的一篇传记式寓言散文。文章通过刻画"差不多先生"，讽刺了当时的中国社会中那些做事不认真、得过且过的人。

　　文章以人物传记的形式，通过买糖、念书、记账、搭车、治病之类的琐事，来刻画差不多先生，他不仅把"差不多"当作口头禅，还"身体力行"地将"得过且过"的精神发扬光大。作者表面上是"夸"差不多先生，说他为人处世很大气，不计较，想得通；实际上是"讽"差不多先生，说他懒惰迂腐，做事马虎，不求进取。作者善于透过日常现象与平常事件的描述，以达到讽刺国人的效果，同时也让读者自省，从中看到"自己"，领悟道理，做出改变。归根到底，文章是要告诉我们：做事要认真，要尽力，要做好，万万不能只求个差不多，不能糊里糊涂、马马虎虎做事，要追求极致、追求完美，才会有更高的成就。

大作家写给孩子的小散文

沉默

◎周作人

扫码阅读全文

　　沉默的好处第一是省力。中国人说，多说话伤气，多写字伤神。不说话不写字大约是长生之基，不过平常人总不易做到。那么一时的沉默也就很好，于我们大有裨益。三十小时草成一篇宏文，连睡觉的时光都没有，第三天必要头痛；演说家在讲台上呼号两点钟，难免口干喉痛，不值得甚矣。若沉默，则可无此种劳苦，——虽然也得不到名声。

　　沉默的第二个好处是省事。古人说"口是祸门"，关上门，贴上封条，祸便无从发生，（"闭门家里坐，祸从天上来"，那只算是"空气传染"，又当别论）此其利一。自己想说服别人，或是有所辩解，照例是没有什么影响，而且愈说愈渺茫，不如及早沉默，虽然不能因此而说服或辩明，但至少是不会增添误会。又或别人有所陈说，在这方面也照例不很能理解，极不容易答复，这时候沉默是适当的办法之一。古人说不言是最大的理解，这句话或者有深奥的道理，据我想则在我至少可以藏过不理解，而在他就可以有猜想被理解了之自由。沉默之好处的好处，此其二。

善良的读者们，不要以我为太玩世（Cynical）了罢？老实说，我觉得人之互相理解是至难——即使不是不可能的事，而表现自己之真实的感情思想也是同样地难。我们说话作文，听别人的话，读别人的文，以为互相理解了，这是一个聊以自娱的如意的好梦，好到连自己觉到了的时候也还不肯立即承认，知道是梦了却还想在梦境中多流连一刻。其实我们这样说话作文无非只是想这样做，想这样聊以自娱，如其觉得没有什么可娱，那么尽可简单地停止。我们在门外草地上翻几个筋斗，想象那对面高楼上的美人看着，（明知她未必看见，）很是高兴，是一种办法；反正她不会看见，不翻筋斗了，且卧在草地上看云吧，这也是一种办法。两种都是对的，我这回是在做第二个题目罢了。

我是喜翻筋斗的人，虽然自己知道翻得不好。但这也只是不巧妙罢了，未必有什么害处，足为世道人心之忧。不过自己的评语总是不大靠得住的，所以在许多知识阶级的道学家看来，我的筋斗都翻得有点不道德，不是这种姿势足以坏乱风俗，便是这个主意近于妨害治安。这种情形在中国可以说是意表之内的事，我们也并不想因此而变更态度，但如民间这种倾向到了某一程度，翻筋斗的人至少也应有想到省力的时候了。

（节选，文字有删改）

大作家写给孩子的小散文

🌀 聊聊大作家 🌀

周作人（1885—1967），原名櫆寿，字启明，号知堂等，浙江绍兴人。中国现代作家、翻译家，新文学运动的重要代表人物，《新青年》的主要撰稿人。代表作品有散文集《自己的园地》《知堂文集》等。

🌀 谈谈小散文 🌀

《沉默》写于1924年，是周作人的散文代表作。英国有句谚语"生活是银，沉默是金"，日本也有谚语"沉默是极鲜极丽的花朵"，而"沉默是金"的中庸之道也得到了国人的普遍认同。

关于沉默的处世哲学，作者有自己的见解和理由。文章首先谈"省力"，中国人说"多说话伤气，多写字伤神"，作者认为沉默没有奔走之劳苦，没有名利之束缚，于人大有裨益。接着说"省事"，沉默可以避免祸从口出，减少人与人之间的误会摩擦，作者尤其赞同"古人说不言是最大的理解，这句话或者有深奥的道理"，"我觉得人之互相理解是至难"，想要"表现自己之真实的感情思想也是同样地难"，不要"以为互相理解了"，这道出了人性的大实话。然后，作者用"翻筋斗"聊以自娱，重申了关于沉默的主张。全文语言简练，理由充分，信手拈来，构思精妙。

吹牛的妙用

◎庐隐

　　吹牛是一种夸大狂，在道德家看来，也许认为是缺点，可是在处事接物上却是一种刮刮叫的妙用。假使你这一生缺少了吹牛的本领，别说好饭碗找不到，便连黄包车夫也不放你在眼里的。

　　西洋人究竟近乎白痴，什么事都只讲究脚踏实地去做，这样费力气的勾当，我们聪明的中国人，简直连牙齿都要笑掉了。西洋人什么事都讲究按部就班地慢慢来，从来没有平地登天的捷径，而我们中国人专门走捷径，而走捷径的第一个法门，就是善吹牛。

　　吹牛是一件不可轻看的艺术，就如修辞学上不可缺少"张喻"一类的东西一样，像李太白什么"黄河之水天上来"，又是什么"白发三千丈"，这在修辞学上就叫作"张喻"，而在不懂修辞学的人看来，就觉得李太

大作家写给孩子的小散文

白在吹牛了。

而且实际上说来，吹牛对于一个人的确有极大的妙用。人类这个东西，就有这么奇怪，无论什么事，你若老老实实地把实话告诉他，不但不能激起他共鸣的情绪，而且还要轻蔑你冷笑你，假使你见了那摸不清你根底的人，你不管你家里早饭的米是当了被褥换来的，你只要大言不惭地说"某部长是我父亲的好朋友，某政客是我拜把子的叔公，我认得某某巨商，我的太太同某军阀的第五位太太是干姊妹"吹起这一套法螺来，那摸不清你的人，便帖帖服服地向你合十顶礼，说不定碰得巧还恭而且敬地请你大吃一顿蒸菜席呢！

吹牛有了如许的好处，于是无论哪一类的人，都各尽其力地大吹其牛了。但是且慢！吹牛也要认清对方的，不然的话，必难打动他或她的心弦，那么就失掉吹牛的功效了。比如说你见了一个仰慕文人的无名作家或学生时，而你自己要自充老前辈时，你不用说别的，只要说胡适是我极熟的朋友，郁达夫是我最好的知己，最好你再转弯抹角地去探听一些关于胡适、郁达夫琐碎的轶事，比如说胡适最喜听什么，郁达夫最讨厌什么，于是便可以亲亲切切地叫着"适之怎样怎样，达夫怎样怎样"，这样一来，你便也就成了胡适、郁达夫同等的人物，而被人所尊敬了。

如果你遇见一个好虚荣的女子呢，你就可以说你周游过列国，到过土耳其、南非洲，并且还是自费去的，这样一来就可以证明你不但学识、阅历丰富，而且还是个资产阶级。于是乎你的恋爱便立刻成功了。

你如遇见商贾、官僚、政客、军阀，都不妨察颜观色，投其所好，大吹而特吹之。总而言之，好色者以色吹之，好利者以利吹之，好名者以名吹之，好权势者以权势吹之，此所谓以毒攻毒之法，无往而不利。

或曰吹牛妙用虽大，但也要善吹，否则揭穿西洋镜，便没有戏可唱了。

这当然是实话，并且吹牛也要有相当的训练，第一要不红脸，你虽从来没有著过一本半本的书，但不妨咬紧牙根说："我的著作等身，只可恨被一把野火烧掉了！"你家里因为要请几个漂亮的客人吃饭，现买了一副碗碟，你便可以说："这些东西十年前就有了"，以表示你并不因为请客受窘。假如你荷包里只剩下一块大洋，朋友要邀你坐下来八圈，你就可以说："我的钱都放在银行里，今天竟匀不出工夫去取！"假如哪天你的太太感觉你没多大出息时，你就可以说张家大小姐说我的诗作得好，王家少奶奶说我脸子漂亮而有丈夫气，这样一来太太便立刻加倍地爱你了。

这一些吹牛经，说不胜说，但神而明之，存乎其人！

（文字有改动）

◎ 聊聊大作家 ◎

庐隐（1899—1934），原名黄淑仪，又名黄英，笔名"庐隐"，有隐去庐山真面目的意思，福建福州人。中国现代女作家，与冰心、林徽因并称"福州三大才女"。代表作品有小说《海滨故人》《归雁》《象牙戒指》等。

◎ 谈谈小散文 ◎

《吹牛的妙用》是庐隐的一篇反讽散文，短小精悍，笔锋锐利。文章虽然题为"吹牛的妙用"，看似是肯定吹牛，赞许吹牛，实则是否定吹牛，讽刺吹牛的国人。

提起吹牛，一般来说，大家都是嗤之以鼻的，但作者却反其道而行之，别出心裁地从反面立意。文章表面上是"表扬"中国人聪明、走捷径、善吹牛，"耻笑"西洋人脚踏实地、不求捷径；实际上却是运用反语，揭露了吹牛者的卑劣心态，讽刺了善于吹牛的国人。

文章从日常现象入手，信手举出司空见惯的吹牛实例："某部长是我父亲的好朋友，某政客是我拜把子的叔公，我认得某某巨商，我的太太同某军阀的第五位太太是干姊妹"……读来让人警悟：我身边不就有这样的人吗？我不就是这样的人吗？进而让读者自省：我不要做吹牛的人，不要做虚伪、卖弄的人，我要脚踏实地做人做事。

大作家写给孩子的小散文